UN254137

還暦すぎて陽はまた昇る

海老原靖芳

牧野出版

還暦すぎて、陽はまた昇る　目次

装丁　緒方修一

還暦すぎて、陽はまた昇る

第一章

あの日、ジンタが聞えた静かな海

「青にきまっとったい。池田の目は、ひんがら目やろ」

「なんでや、海は緑たい」

「海は青ばい」


海を描くのに緑色のクレヨンを使った夏休みの絵日記を見て、同級生たちは口々にからかったけれど、先生はほめてくれた少年の頃を、池田雅夫は思い出していた。

「海王」に乗船して後部甲板に立つのは、娘が小学六年生だった夏休み以来だから、十二、三年ぶりか……目の前に拡がっている海辺の景色には、期待どおりの爽やかで朗らかな開放感がある。

今朝までいた東京での怒りや悔しさを吐き出すかのように、池田は海から空へ向かってラジオ体操のように腕を大きく振りながら深呼吸をしてみたが、まわりの乗船客たちの反応が気になったので、二度目に振り上げかけた両手を甲板の手すりの上に置いた。

観光遊覧船である海王は、大人が乗船するにはちょっと気恥ずかしい船である。その船体は安っぽい赤色で塗られており、船腹の下のほうから船底にかけては青色の塗装。正面の窓の上部には金色の装飾が施してあり、まるで海に浮かぶ中華料理店のような配色ながらも、姿は四本マストの海賊船なのである。

さらに船首には、子供の頃に縁日で売られていたセルロイドのお面のような、たぶんライオンだと思われるが、その胸像もどきまで取り付けられていて、それも金色である。

よく見ると、胸のあたりは鳥のようでもあり、左右に三本ずつ羽根のようなものも取り付けられているから、あれはライオンではなく、船を海難から守ってくれる空想の動物かもしれない。

春休みだから子供連れも多く、米軍の関係者だろう、外人の家族も見える。そんな遊覧船にひとりで乗ってラジオ体操までするような五十も半ばの男は、誰の目にも変に映るかもしれないが、池田はトンビが舞っている青空を何気なく見上げながら、深呼吸を続けた……両手は手すりに置いたまま動かすのはやめて……鼻孔の筋肉に力を送り、強く、深く、鼻から息を吸い込んだ。春の陽射しにあたためられた潮っぽくて懐かしい空気が、鼻孔から気管を通って肺に満ち満ちるのを感じたあと、口をすぼめて、ゆっくりと吐き出した。東京での怒りや悔しさを吐き出すかのように、ゆっくりと、長く、何度も吸い込んでは、ゆっくりと、長く、吐き出した。

池田が初めて海王に乗ったのは、まだ両親ともに健在であり、妻と娘を連れて帰省したときだから……確か、娘が小学二年生の夏だったか。ひと目で中華料理店のような海賊船が気に入った娘は、そのときの体験がよほど楽しかったのか、東京に戻ってもしばらくは興奮気味に海王のことばかり話していた。

スタイリストを職業としている妻はその美意識が許さないのか、出航間際まで恥ずかしがって乗船したくない素振りだったけれど、娘はディズニー映画で見た海賊のような歓声をあげて、船内への渡り板を飛び越して乗り込んだ勢いのまま甲板まで駆け上がり、好奇心のままに船首から船尾まで走りまわっていた。

後部甲板にいた地元の中学生たちが、真下の海面を指さして声高にはしゃいでいるのに気がついて駆け寄ったけれど、甲板の手すり越しに見るには背が足りず、「見たい見たい」と身をよじってせがんだ娘のふくれっ面は、女の子特有の媚態だとわかってはいても、可愛かった。

妻は止めたけれど、娘の腰のあたりを後から両手で抱いて持ち上げてやると、舵のあたりを浮遊していたクラゲを指さして歓喜の声をあげた。そのときに落ちそうになった麦藁帽子を左手で押さえ、頭から飛び込みそうになりながらも親への疑心は微塵もないのか、全身をあずけたまま夢中になってクラゲを数えている娘を、しっかりと支えながら見た故郷の海は、いまも絵日記に描いたときと同じ緑色（エメラルドグリーン）のままである。

三百馬力のディーゼルエンジンが始動し、重油臭い黒煙を吐き出しながら、海王がお尻を振るようにして船着場を離れ、一度バックするように後進したあと、ゆっくりと右の方へ舵を切る。

そのときに後部甲板に立っていると、視界の遠く右隅に見える建物がある。その建物は、国道沿いに植えられている巨大なブロッコリーみたいな楠の並木に隠れているので、実際には見えないのだが、たとえ目を閉じていても池田に見えるのは、そこが母の終の棲家となった老人ホームだからである。

*

佐世保で生まれ育った母は、佐世保以外の土地では暮らしたことのないひとである。東京で起こった凶悪な事件をテレビや新聞で知ったあとは必ず電話してきて、息子の隣にいた人間がいつも犯人だったみたいに心配していた。

東京は「えすか」、病院の待合室や市営バスのベンチに顔見知りがひとりもおらんとこは「好かん」、漁船の見えんとこの魚は「食べとうなか」と口癖のようにいっていた。

池田の父は、母が老人ホームの世話になる八年前に突然死した。心臓に疾患があったにもかかわらず、医者に厳しく注意されてもやめなかった煙草のせいかどうかわからないが、母の話によると、その日もいつもと同じ量の晩酌しか飲んでいないにもかかわらず、少し気分が悪いといって早めに床に就いたらしい。

夜中に異様なうめき声で起こされた母が、胸を掻きむしるようにして苦しがる父の恐いほどに青ざめた形相に動顛しながらも、救急車を呼び、握った手の甲をさすりながら付き添った病院で、明け方に急逝した。

＊

「どうする？」

「なんばね？」

「このまえも電話でいったろ。こっちにきて、おれたちと一緒にさ」

「その話はもうよかたい」

「いいわけないだろ、おれのほかに子供いないんだからさ。おふくろひとりじゃ心配だから」

「もうよかて」

「いや、そうは」

「よかよか、もうよかて。東京は好かんし、そがん話はもうよかたい」

池田はひとりっ子である。両親ともに肉親の縁はうすく、親身になって母を助けてくれそうな身寄りは見当たらず、近所のひとたちがいかに気にかけてくれても、限界はある。

不意にひとり暮らしを余儀なくされた母のことが気がかりではあるが、池田の生活基盤は東京にあり、飛行機や新幹線が利用できる時代とはいえ、足繁く行き来できるほど本州最西端の町は近くはないし、会社勤めの身には都合よく使える時間にも限りがある。命の電話ほど深刻ではなかったが、母の様子を知るには受話器を手にするしかなかった。

「もしもし、まさおだけど」

「ああまさお、元気しとるね」

「元気よ。おふくろは？　店、ひとりでだいじょぶね？」

「だいじょぶだいじょぶ。なんも心配せんでよか。みんなよう手伝うてくれるしね」

「そりゃよかった」

「お盆には帰ってくっとやろ？」

「いや……今年はちょっと、帰れそうにないんだよね」

「あ、そうね……忙しかとやろ。よかよか、無理せんでもよかよ、旅費も高っかしね」

「ごめん。正月には帰るからさ」

「あんたの帰る帰るはあてにならんもんね」

「帰るよ」

「とうちゃんにもようそがんいいよったばってん、いっちょん帰ってこんやったたい」

「オヤジのときといまの話は次元がちがうんじゃないの。いまは正月休みに帰る話をしてるわけで、オヤジがよくいってたのは、東京を引き払って佐世保に戻ってこいって話だからさ。一緒にはできないだろ」

「まさおは理屈っぽかもんねぇ」

「別に理屈じゃ」

「よかよか。その話はもうよかたい」

「そがんいだろう。おふくろもさ、これからのこと考えなきゃ」

「そがん考えても考えたとおりになるもんね。とうちゃんのおらんごとなったとはさびしかばってん……生きとったらなんとかなるし、なんとかするて」

「なんとかするったって」

「もうよかて。あんたたちにはわからんやろうばってん……あん頃にくらべれば……かあちゃん、いまでんじゅうぶん幸せたい」


母が十六歳のときに戦争が始まり、二十歳のときに終わった。その戦争は、正確にはもう少し前から始まっていたのだが、海の向こうの他人事の戦争ではなく、好きだった先生や小さい頃に一緒に遊んでくれたお兄さんたちが死んで逝った戦争である。佐世保にいても空から爆弾が降ってきて、そばにいたはずの親や友だちが焼け死に、自分も火に追われながら逃げまどった戦争である。母は、そういうことと青春時代が重なってしまったひとである。

覚悟する間もなく寡婦となってしまった母に、東京での同居が嫌ならせめて仕送りでもしてやろうかと、罪滅ぼしの気持ちと多少の見栄もあって口に出したこともあったけれど、「そがんといらん。東京は金のかかるやろもん。よかよか。かあちゃん自分のことは自分ですっけんだいじょうぶて、いらんいらん」と子供に頼るのは恥であるかのような物言いしか返ってこず、それ以上言い合うと気まずくなるし、「そがん余裕のあるなら子供のために貯金しとかんば」と逆に諭される始末。実家と、家業である蒲鉾店は別の場所にあるが歩ける距離なので、その後もひとりで暮らし、ひとりで働いていた。

*

ひときは大きくなったエンジン音とともに靴底に強い振動を感じて、追想から目覚めると……後部甲板から見える海面が激しく攪拌されて白く泡立ち、船内からは観光案内のアナウンスが聞こえてきた。

——九十九(くじゅうく)とは、数がたくさんあるという意味で使われるたとえ言葉で、「九十九島(くじゅうくしま)」とはいいますが、実際の島の数は二百八でございます。また九十九島と呼ばれるようになったのは、江戸中期といわれております——

東北地方の「松島」といえば、ひとつの島のことではなく、松島湾一帯の景観を指すのと同じように、佐世保のひとが「九十九島」と口にするときには、二百八もの島々が息を呑むほどの美しさで点在している海と、広大無辺の空も含み、自慢と誇りも込められている。これからその島めぐりが始まるかと思うと、池田は東京から引きずっている暗い気分が少し晴れるような気がした。

力強く進み始めた全長三十メートルはある遊覧船の横波に揺られながら、釣り人たちを乗せた瀬渡し用の漁船が帰港していく。釣果がうれしいのか、笑顔でこちらを見ている父子がいる。小学校の高学年ぐらいだろうか。その男の子が遊覧船から手を振ったひとに、帽子を振ってこたえている。

あの子も、父親の背丈を追い越し、口ごたえするような年頃になると、故郷を離れてゆくのだろうか。これから、どんな人生を歩むのだろうか。

海の町に暮らしながらも、父は釣りをしなかった。釣りに限らず、趣味と呼べるようなことは何もしなかった。そういうことは、そういう自分だけが逸楽にふけるようなことは、一切しないと決めているような気配があった。楽しみといえば煙草ぐらいのもので、銘柄は選ばず、「しんせい」とか「エコー」とか、そのときどきに一番安いので満足していた。

普段は封印していたが、酒が過ぎると若い頃に体験した戦争の話をするときがあった。そういうときは決まって、遺骨で帰ってきた学友の話をした。「犬死」という言葉を聞いたこともある。

母よりも二つ上だから、父も学生時代は戦争と重なっているが、自身も上京して最高学府に学んだ経験があるから息子の進学には理解はあったけれど、卒業後の選択についてはしばしば言い争いになり、反目し合ってばかりいた。

池田にも、ひとり娘がいる。すでに独立して、池田と妻の意に反した生き方をしている。男女のちがいはあるが、ある時期どんなに反目し合っていたとしても、父と同じような年になってみれば、親としての子供への恩愛の情がわかるような気もする……月並みないい方ではあるが、月並みで平凡なことの大切さも、わかりかけてきた。

*

「どがんすっとか?」

「なにが?」

「もうすぐ卒業やろもん。早よ仕事探さんばたい」

「仕事は……決まったよ」

「そうや!　どこや!　銀行や?　市役所や?」

大学卒業と同時にUターンすることが両親の、とくに父の希望であり進学の条件だった。いずれは家業の蒲鉾店を一緒に切り盛りし、先では二代目になってもらうにしても、まずは地元のなるべく堅い勤め口に就職することを望んでいた。

良きところで地元の女性と結婚して、孫が生まれたら顔を見たいときに、いつでもすぐに会いに行ける距離にいることも望んでいたが、池田が父の希望にそって経済学部に進学したのは親をあざむく仮の姿。とにかく上京してしまえばこっちのものとばかりに、バイトの金で広告の専門学校に通い、内緒で就職先を決めていた。


「そいうとこじゃなくて、コマーシャル関係」

「こまーしゃるて、なんすっとか？」

「ポスターとか、パンフレットとかつくる仕事よ」

「そがん会社の佐世保にあるとや？」

「佐世保じゃなくて……東京の会社」

「東京で働くてや！」

「ああ……」

「帰ってこんとか！」

「帰っても、やりたいような広告の仕事はないから」

「広告の仕事ばすっとか？」

「コマーシャルだからね」

「……」

「もしもし、オヤジ」

「ウソつく仕事やろ」

「なにが？」

「広告はウソつく仕事たい」

「そんなことないよ」

「広告でん新聞でんラジオでん、みんなウソつく仕事たい。黒ば白ていうとが仕事たい」

「それはいいすぎだろ」

「もうよか。そがん仕事すんなら帰ってこんでんよか」


　父はコップ酒一杯の晩酌で満足するひとだったが、年に何回かは酒の力を借りて押さえ切れない思いを吐き出すかのように、痛飲するときがあった。そういうときに、戦争中に新聞やラジオや広告が「負けている事実」を隠し、「退却」を「転進」と誤魔化し、勇ましい言葉や涙をさそう美辞麗句で煽りに煽って学友たちを死に追いやった、「あいたちゃみんなウソつきたい」、「あんときテレビはなかったばってん、あったらわがたちも同んなじやろもん、ウソつくやろもん」……画面のニュースキャスターに毒づきながら酔いつぶれて、同じことを何度も何度も寝言のようにつぶやいていたのを聞いたことがある。

　母は、父の胸裏に潜む怒りや悲しみがわかるのか、飲みすぎをとがめるでもなく、ただ風邪をひかないようにと毛布をかけてあげていた。

　歴史のことは人並みには学んでいる。教科書や、それ以外の本や映画で、日本が戦争をしたことも知っているし、父の気持ちもわからないではなかったが、いまは時代も違うし、池田は広告（コマーシャル）の仕事は時代の先端でカッコイイと憧れていたから準大手の代理店にアートディレクター志望として就職し、そのまま東京に居座り続けた。

江戸時代ならば勘当話に発展しそうな勢いで言い合っても、しばらくすると父は何事もなかったかのように、息子のひとり暮らしを心配する電話をかけてきてくれた。やっぱり親はありがたいと思って機嫌よく話しているうちに、またいつの間にか広告への恨み言と帰郷の催促となり、互いに不機嫌になったまま受話器を置くのが父との年中行事のようになっていたが、不機嫌にはなっても不快に感じたことは一度もないような気がする。

子供の頃からどんなに叱られても、どこか手加減してくれていた記憶が残っている。泣き出すと……語気が弱まり、あとは母にまかせて、困ったような顔をしてどこかへ行った。戻ったときには、池田が好きな駄菓子や読みたがっていた漫画本を、放り投げるようにして母に渡す父だった。

結婚のときと孫が生まれる報告を電話でしたときの父は、どちらのときにも、「なんでんかんでん勝手にしてからに！」と首根っこをつかみに縄を手にして上京して来そうな勢いで怒ったけれど……四、五日もしたら「まさおが結婚すっとですよ」、「孫のできたとですよ」……と池田が送った写真を持って近所のひとたちにお披露目していたそうで、「あがん文句ばっかいいいよっても、とうちゃんはまさおにはあまかもんね」と、いつか母が笑いながら話してくれた。

*

誰しも結婚を決めたときと子供が生まれるのを知ったときは、やる気と責任感がパワーアップされるだろう。どんなにUターンを催促されても、自分の人生はこれからだし、仕事にも野心があった。東京は、その野心を実現させてくれそうな予感がするし、刺激的で魅力のある街である。たとえ戻ったとしても、いまと同じ仕事ができる環境がないことはわかっていたし、家業の蒲鉾店の二代目になる気など露ほどもなかった。

父から故郷へのUターンをうながす電話があった後は、妻との話し合いも多くなったが、妻も「自分の仕事を続けたい」意志に変わりはなく、ましてや東京生まれの横浜育ち。親しいひとが誰もいない九州で暮らすには「不安が多いから行きたくない」と、はっきりと口に出した。

嫁と舅姑の間で波風は立てたくなかったから、妻の意志は親には伝えず、あくまでも自分の意向として「戻らない」といい続けていた。それでも父が急逝したときにはさすがにUターンを考えたが、妻も同情はしてくれても、子供の教育環境のこともあったし、互いに仕事がおもしろくなってきていた時期でもあったので、法事の疲れを心配して電話をしたときに、母にはそれとなく伝えた。

「よかよか。あんたたちにはあんたたちの生活のあるけんね。かあちゃんのことはなんの心配もせんでよかよ」

「そうはいっても、もう年なんだからさ」

「なんが年ね。かあちゃんまだ六十代よ」

「六十九だろ」

「六十代は六十代たい」

「そりゃまぁそうだけどさ」

「もうよかて。心配せんでもひとりでもだいじょうぶて。東京は好かんし、佐世保いがいは住みきらんけん」


母はまだまだ口も身体も達者だったので、「あんたたちの生活のあるけんね」と認めてくれたことと「佐世保いがいは住むきらん」というオフクロの気持ちを尊重してと……さも親を立ててその考えに従ったようにしてもっともらしく話を収めたが……これで妻とも深刻に話し合わずに済むし、このまま現状維持でいられる……あのときは重くて厄介な問題を先送りにできて、これ幸いとほっとしたのが本音だった。

*

――先ほどから、船の左手に見えておりますす大きな島は、「牧の島（まきのしま）」です。その昔、平戸藩の牧場（まきば）があったことから、牧の島と呼ばれるようになったそうです――

「島で馬を放し飼いにしよう」などと誰が言い出したのだろうか。江戸時代のことだから放牧できるような土地はいたる所に広がっていただろうに、いかに陸地から近い島とはいえ、わざわざ運んでまで育てる必要があったのだろうか。

遊覧船から見える牧の島は常緑樹におおわれていて、海面から続く狭い砂浜や岩場がある普通の島である。他の島に比べると大きな方ではあるが、馬を育てるのに特別適しているようにも見えない。藩主の酔狂だろうか。だとしたら、殿の御下命を仰せ付かった家臣に同情する。あの時代の馬は西部劇や競馬で見慣れた品種とちがい、日本在来の木曾馬とか、場所が九州だから薩摩馬か対馬の対州馬（たいしゅうば）だろう。いずれにしても小型の品種ではあったろうが、舟に抱いて乗せられる犬猫とちがって、いかに小型でも馬である。

地形や目的からして使用したのは伝馬船ぐらいだろうけど、あの小舟は、ひとが静かに乗っていても揺れやすい。乗ったり降りたりするときでも不安定であるのに、馬はおとなしく乗っていてくれたのだろうか。あるいは、西部劇で馬の群れを引き連れて河を渡る牧童（カウボーイ）を見たことがあるが、牧の島へも馬だけを泳がせて行ったのかもしれない。だとしても、小舟を操りながらの誘導だから楽な仕事ではなかっただろうし、なかには海を怖がる馬もいて手を焼いたのではないだろうか。平戸藩の家臣は、果たしてどういう方法で殿の御下命を遂行したのか……。

東京から引きずっている怒りや悔しさは胸中に沈殿したままだけど、こういう他愛もない雑感が浮かぶのは、島々の緑から再生されるオゾンをたっぷりと含んだ海風の力かもしれない。池田は九十九島に礼をいいたいような気持ちで、牧の島を見つめていた。

＊

「無人島！」

「ああ、遊覧船から見ただろう？」

「見た見た！　いっぱいあったよね」

「行ってみたいっていってたろう」

「行きたい行きたい！　行こう！　パパ行こう！」

九十九島のほとんどがそうであるように、牧の島も無人島である。釣りをするにしても泳ぐにしても、行きたい島へは瀬渡しを生業としている船で送り迎えをしてもらう必要があり、瀬渡し用の船は遊覧船の船着場あたりから見て、左奥の対岸に並んでいる。当てはなかったが、たまたま船首で手入れをしていたひとの感じが良くて選んだのが、「丸に一」の屋号が書かれている船だった。

小学六年生になっていた娘は、何年か前の遊覧船のときみたいに幼い歓声は上げなかったけれど、それでもガッツポーズを決めて乗り込んで、揺れる船上を器用に歩いて舳先のすぐ後に陣取った。妻は乗り移るタイミングをうまく計れず腰が引けていたけれど、娘に急き立てられて、バランスをくずしながらもなんとか乗り込み、比較的きれいな横板に腰を下ろした。

牧の島が近づくと、船は減速しながらもエンジンは切らずに、手すりの付いた細長い舳先を乗客が降りやすい岩場に押し付けるようにして停船する。船長の指示に従って、その舳先を橋のように歩いて島に上陸するのだが、船長が迎えの時刻を確認して船が離れて行ったあとは、牧の島はプライベートアイランドになる。

妻に手伝ってもらって岩陰で水着に着替えた娘は、島も砂浜も自分たちだけで独占できることが「信じられない」と連発しながら、浮き輪をかかえて裸足で砂浜を駆けまわっていた。砂に残る足跡は、娘のだけである。

「パパ！　早く！」
「おう！　いま行く！」

振り向くと、妻は木陰に座っても日傘を差していた。日焼けを嫌って長袖のシャツを着たまま扇子を使い、ぞわぞわと寄ってくるフナムシを足で追い払いながら、東京では聞いたこともない大声を上げてはしゃいでいる娘に負けないくらいの大声で注意しながら、笑顔で扇子を振っていた。

＊

会社の経営にとって重要なクライアントのキャンペーンを任された。成功させれば、池田の収入もポストも上がることはまちがいのない大きな仕事である。しかしながら、途中で降ろされた。池田が提案したコンセプトは、地味だけどもあたたかいユーモアを感じるものだったが、要求されたのは派手でとにかく目立つものだった。池田もプロである。相手の要求を取り入れながらも、自分も消さずに何度も打合せを重ねたが、採用されなかった。能力が足りなかったせいもあるだろうが、その製品の効用は「そんな大げさに主張するほどのものではない」と池田は考えていた。その判断にまちがいはなかったといまも思ってはいるが、それ以来社内の空気がビミョーに変わり、居辛くなったのは確かである。

甲板の手すりにもたれて目の前の島を指さし、連れに何かを説明しているひと。牡蠣の養殖棚に止まっている海鳥に携帯のカメラを向けるひと。島に渡っている釣り人に手を振るひと。心地よい海風に吹かれながら遊覧船に遊ぶひとたちは、誰しも楽しそうに見えるけど、こころのなかで吹き荒れている激しい風雨に必死で耐えているひともいるかもしれない。

さっきから見えている牧の島の砂浜が、あの夏の日と同じ場所かどうかはわからないが、池田には駆けまわっている娘の姿が……見えたような気がした。

大きな仕事を降ろされた屈辱感と無力感は酒でも晴れなかったし、スピード違反覚悟で走りまわった夜明けのハイウェイでも癒されなかった。いままでも湘南の海に怒りや悔しさを捨てに行ったことはあるが、今度ばかりは、あの汚い海を見ていても収まらないような気がして……。

故郷の美しい海での楽しかった光景に思いを馳せていた池田が、片言の日本語で話しかけられているのに気づいて振り向くと、乗船時に見かけた外人の家族がそばにいた。その逞しい首や腕の太さからして、たぶん米海軍の兵士だろうと思えるTシャツ姿の父親が、乗船窓口でくれるパンフレットの写真を突きつけるようにして見せている。英語はできないが、その写真や「フラワー」という単語と、目の前に見えている島々を指さしている身振りからして、どうやらパンフレットにある花が、どの島に咲くのか知りたいらしい。

途中のいくつかの島に、たぶん「ヤマザクラ」と思われるピンク色の花が咲いているのは気づいていたが、外人が指さしている花のことがわかるわけはなく、そういう意思表示をすると、聞いてきた父親だけでなく母親も女の子も大げさに落胆して離れ、また他の乗客に聞いている。

池田は特別花が好きなわけではないけれど、好奇心は強いほうだからどんな花なのか気になって、窓口で受け取ったときは見もせずにチノパンの後ポケットに突っ込んでいた同じパンフレットを、手にとってみた。

「おれだったら変えるな」……広告代理店にアートディレクターとして勤めている池田は、さっきから見えているピンクの群落が山桜だとしても、宣伝用としては「海桜（ウミザクラ）」か「島桜（シマザクラ）」にすればいいのにと思いながらも、以前に乗船したときには娘の喜ぶ姿にばかり目を奪われていて、花々にまで気持ちが向かなかったけれど、なるほど、目の前に浮かぶ島々には、いくつかの貴重な草花が生息しているようだ。

「ハマボウ」、「カノコユリ」、「トビカズラ」……あの家族が見たがっていたのは「カノコユリ」という花で、パンフレットで見る限り、いかにもアメリカ人が好きそうな派手な印象がある。開花の時期ではないからいずれの花も見ることはできないが、点在する島々には、こんなにも美しい花が咲くときがあるのか。なかには、絶滅の心配がされているのもあるらしい。その花も、毎年同じ場所で、同じ時期に咲いているのだろうけど、自分が絶滅の危機にあることに気づいているのだろうか。

あれは確か、所属している広告協会の功労者表彰パーティの席だった。池田の脳裏に、まだ駆け出しだった頃によく仕事をさせていただいた写真家の話が甦ってきた。

＊

その写真家が現役を退かれているのは知っていたし、体調が思わしくない噂も耳にしていたが、女性モデルに人気のあった頃と変わりのない優しい口調で、「池田君、いくつになったの？」と聞かれ、「四十をひとつ越えました」と答えたとき、ファインダーを覗くかのような目で凝視されて、「いいですねぇ若くて。ぼくはもう、絶滅危惧種ですよ」と自嘲気味に笑っていわれた。「絶滅危惧種」の響きがキャッチコピーのように軽い感じがして、思わず一緒に笑ってしまったのだが……。

「ぼくのような年になるとね。知ってるひとたちが一年に何人も死んでいくんですよ。仕事仲間もそうですけどね、幼なじみや同級生もね。時代をつくっていたような有名人やそのときそのとき人気のあったタレントさんもずいぶん撮影したけど、そういうひとたちの死亡記事もよく目につくようになりますね。年上の方だと、しょうがないかなと思いながら安心するんですが、安心はおかしいですね。でもね、同年輩ぐらいのひとたちが増えはじめると、知らないうちに絶滅危惧種に指定されていて、ああ、ぼくら七十ぐらいの人間たちがいよいよ絶滅に向かいはじめたかと思うんですよ。人間としてのカタチが消えてなくなるだけじゃなくてね。ぼくたちの、考えとか、思いとか、体験したこととか、そういうのが全部ね、全部いっしょに絶滅して、あとは忘れられるだけのような気がするんですよね。池田君、そう思いませんか？」

何と答えたか覚えてはいないけれど、親もときどき同じようなことをいっていたのを思い出した。

父は戦争で死んでいった学友たちのことを、母は戦後の貧しくても生きているだけでも幸せだと感じていたときのことを、いつまでも忘れないでいた。

まだ五十五なのか、もう五十五なのか。自分がきょうまで生きてきた途中で、忘れてしまったものは何なのか。

九十九島の同じ島で、毎年同じ花を咲かせているカノコユリもトビカズラも、厳密には同じ花ではないけれど、種（しゅ）としては同じである。人間以外の動物も、同じような姿かたちで生まれては死に、死んでは生まれながらも、先代と同じように次代も生きてゆく。植物も動物も、世代が代わっても「忘れないで」生きているような気がする。植物や動物のように同じような姿かたちで生まれ変わりはしないけれど、人間も種であるならば、人間として生まれ、死んでゆくなかで、世代を越えて忘れてはいけないことがあるのではないだろうか。たとえ生存していなかった時代の出来事であれ、たとえテレビが映さなくなり新聞や雑誌が書かなくなっても、忘れてはいけないことを忘れることが多くなっていったときに、人間という種は、絶滅危惧種に指定されるような気がする……。

池田は子供の頃から「わが変なかことばっかかい考がゆっねぇ」と友だちに笑われるときがあったが、カノコユリやトビカズラから人間の絶滅まで連想してしまった自分に苦笑しながらも、ある映画の場面（シーン）を思い出していた。

あれは『バック・トゥ・ザ・フューチャー』というＳＦ映画だったか。自分が写っている過去の写真が消えそうになるにつれて、主人公の存在が無くなりかける場面がある。美しくも珍しい花が咲くといわれている故郷の島々を眺めながら、池田は自分のアルバムのなかから消えかかっている写真の枚数を数えてみた。

＊

母が達者なのは夏に帰省したときに確めていたし、鍋の季節になると「元気しとるね。カゼひかんごとせんばよ」と毎年同じ便りを同封して商売物を送ってくれていて、その年も、全国放送で「関東に初霜がおりました」と流れたあとに恒例の宅急便が届いたので安心していたが、年末に、母が倒れたと近所のひとから連絡がはいった。

手慣れた商いとはいえ、ひとりで作ってひとりで揚げて、男手を喪った老女の身には文字通り荷が重かったのか、「ごぼう天」や「イカ天」などの蒲鉾を詰めた木箱を重ねて持ち上げようとして、年末の売り出し中に倒れたらしい。長年商いをしている市場で倒れたのが不幸中の幸いで、となりの鯨屋のご主人が普通の会話でもうるさい地声をさらに張り上げて、市場中に聞こえるぐらいの大声を出しながら助けを求め、救急車も呼んでくれたらしい。

医者の診断によると脳に特別異常はないということだったので、程なく退院かと思われたが、意外と長引いた。回復が遅れたのは日頃の疲労と年のせいのようだが、会社に無理を頼んで駆けつけた息子の目には、病床に横たわっているにも関わらず、心配していたよりも元気に見えた。


「もう無理じゃないの」

「なんがね？」

「ひとり暮らしさ」

「心配せんでもよかて。だいじょうぶよ」

「だいじょうぶじゃないからこうなったんだろ」

「そいけん、もうだいじょうぶて」

「なにがだいじょうぶよ？」

「だいじょうぶはだいじょうぶたい」

「だから、なにがだいじょうぶか、ちゃんと説明してくれよ」

「あんたは理屈っぽかねぇ」

「理屈なんかいってないだろ。だいじょうぶっていうから、なにがだいじょうぶかちゃんと聞いとかないと心配だからいってるだけだろ」

「そがん心配せんでもよかて」

「心配するさ。こんな状態なんだから」

「ちっちゃかときからあんたは心配症やったもんねぇ。覚えとるね？」

「なにを？」

「幼稚園のときたい。いっぺん歯のぬけたらもうぜったい生えてこんていうて、ぐらぐらしよる前歯ばずっとおさえとったやろ」

「そういう話はいま関係ないだろ」

「あんたこそだいじょうぶね。夏来たときと顔の変わっとるよ」

「仕事がいそがしくてね。おれのことより自分のこと心配しろよ。もう年なんだからさ」

「あんたもとうちゃんに似てきたねぇ」

「しゃべり方や？」

「髪の毛の薄うなってきたたい」

「そういう話はいま関係ないだろ。心配してんだよおれは」

「そがん怒らんでもよかたい」

「……」

「心配しとっとね？」

「心配してるさ」

「ハゲは遺伝するっていうもんね」

「……退院したらさ、どうすんの？」

「どがんもせん。また市場で働くたい」

「市場ねぇ……やっぱ佐世保がいいんだ？」

「うむ、佐世保がよか」

「それはそれでいいけどさ……いつまでもひとり暮らしは無理だろうし……いますぐはおれたちも無理だけど……そのうちさ、東京に呼ぶから、いっしょに住もうよ」

「まさお」

「？」

「ひとは変わるとよ。どがん大事に育ててきた子供でん、どがんかわいか孫でん、変わるとよ」

「………」

「なんか、ようわからんばってん……うちは自分の見てきたことしかわからんばってん、ひととひとは、なんか、おかしゅうなるときのあるとよ。ひとのなかから、鬼のごたるとの出てくるときのあるとよ。そがんと、見となかもんね。見となかばってん、まさおたちとずっといっしょにおったら、そがん見となかとも見らんばかもしれんたい」

「………」

「そがんと嫌たい。見となかたい。そいけんさ、うちはいまのままでよかと。いまのまま、とうちゃんといっしょにおりたかと」

「オヤジは」

「知っとつさ。まだボケとらんよ」

「ごめん……」

「死んだひとは変わらんもんね」

「………」

「かあちゃんもね、戦争とかいろいろ嫌なことはあったばってん……結婚してからはとうちゃんとのよか思い出しかなかとよ。そいけんさ……そいけん、変わらんとうちゃんとこのまま佐世保におりたかと」

「………」

「どっか行ったらさ、なんかいろいろごちゃごちゃ考えんばことの出てくるやろ。そがんなったら、よか思い出ば忘るっかもしれんたい。ごちゃごちゃのほうが強なってさ。そがんなりとうなかとよ。かあちゃん、とうちゃんのことば忘れとうなかとよ」

「………」

「まさお。あんたもいままでよか思い出のあったやろ？　佐世保でんあったやろ？　東京でんあるやろ？　そいばさ、そいば忘れたらいかんとよ。だけんさ、だけんうちは、とうちゃんといっしょにおった、とのおがよかと」

*

母がいっていた「とのお」とは、父との結婚生活をバラックのような借家から始め、子供を産み、育てながら、ようやく手に入れた中古の一軒家を繕いながら住み続けてきた

「戸尾町（とのおちょう）」と、家業である蒲鉾店がある「戸尾市場」のことである。

地元のひとたちは誰もが戸尾市場と呼んでいるが、正確には異なる名称の市場が戸尾町にいくつか集まっている市場街であり、そのなかのひとつに「とんねる横丁」というのがある。地質学的なことはよくわからないが、見た限りでは大きな岩山というか、岩でできた台地というか、そういうところに残っている防空壕の跡を利用した店舗が横一列に何軒も並んでいて、池田蒲鉾店もその横丁の一角にあった。

店を手伝っていた子供の頃は、「とんねる」がいつ崩れてくるか怯えながら頭上ばかり気にしていた時期もあったが、岩山はその上に小学校があったほど大きくて、戦後七十年近く経っても、落石事故があったとは聞いたことがない。その小学校は池田の母校であるが、十年ほど前に他の学校と統合されて廃校になった。

入学してしばらくは、教室にいても校庭にいても居心地が悪く、いつも気になることがあって落ち着かなかった。自分の足の下に店があり、そこで親は働いていて、その上に小学校があって自分がいて、小学校の下に店があって、自分の下に親がいて、その上に自分がいて……何度考えても不思議な感じだったし、気が気ではなかった。校庭で遊んでいるときに、地面が抜け落ちるかもしれないと思って不安になったり、砂場で遊んでいるときには、このまま下へ下へ掘り続けて行けば店の天井から顔を出せるような気がして、夢中で砂をかき出したときもあった。友だちに「池田はおかしかばい」「わが変なかことばっか考ゆっね」とからかわれたけれど。

高学年になると、そういう状況を面白がるようになってノートの隅に、親が謎の地底人のように暮らしている絵を描き、授業中にひとりで忍び笑いをしていて先生に注意されたことも覚えている。

*

空想の舞台であった頃は楽しい場所だったが、にきびが気になり好きな女の子を意識しはじめるようになると、疎ましい場所になっていった。「ごぼう天」や「イカ天」よりも、「シュークリーム」や「レモンスカッシュ」を売るような店に生まれたかった。学校から帰って蒲鉾の販売を手伝っているときは、同級生の女の子たちが親と一緒に買い物に来ないように願っていた。こんな姿を見られたくない。恥ずかしいとも感じていた。いま振り返ると、あんなふうに恥ずかしいと思っていた自分が、ハズカシイ。

父と母は平凡な蒲鉾店の、平凡な夫婦であった。鰺や鰯などの魚肉をすりつぶし、それに野菜類や塩、砂糖などの調味料を加えて油で揚げたものを、池田が「恥ずかしい」と思っていた防空壕のなかで黙々と商っていた。

店頭に並ぶ茶色系の練り物よりも地味に見える服装に、「池田蒲鉾店」と誇らしげに染め抜いた揃いの前掛けをあてて、世辞はないけど実直であり、蒲鉾職人としての腕も確かな父と、「奥からかあちゃんの出てきただけで店のぱーって明るなるもんね」という客もいて、そういう客には「ここは天の岩戸じゃなかばってんね」と気転の利いた受けこたえをし、どんなひとにも絶えず笑顔で接していた母と、見た目どおりの夫唱婦随。一個三十円、五十円の蒲鉾を売りながらの薄利多売。華やかなことには縁も興味もなく、静かに、謙虚に暮らしていた。

中学、高校と学年が上がるにつれて、いまの生活への不満が増え、テレビや雑誌からの華やかな情報がすべてであり、そういう繁華なものに憧れていた年頃の池田から見れば、歯がゆいほどに世間の流行とは関係なく、腹立たしいほどに質素であった両親が、どうしてこんなに穏やかで仲睦まじいのか理解できなかった。弱年とは、人生への洞察が弱いことを指す言葉でもあるようだ。

＊

あのとき倒れた母は、正月を病院で迎えることになってしまったが、大寒にはいる頃には退院できて、リハビリで通院しながらも、父との「よか思い出のある」家に住み、店も続けた。

ドイツを流れるライン川には、ローレライの伝説がある。彼女はその美しい歌声で舟人を誘い、川底へ引きずり込んでしまう怖い魔物らしいけれど、九十九島には、故郷を離れた者を追想の旅へ誘う海神が潜んでいるのだろうか……。

池田は上空を横切って行った灰色で首の細長い鳥を目で追いながら、もう一度、深呼吸をした。両手は遊覧船の手すりに置いたまま、静かに上体だけを動かして、ゆっくりと、長く、ゆっくりと、長く……自分の「よか思い出」はなんだろうか。

――右手前方の島を「横島（よこしま）」といいます。ライオンが横たわって、右前方を静かにながめているような姿に似ているといわれています。見る角度によっては、目が隠れるほどの立派なたてがみと、大きな鼻を――

娘が初めて遊覧船に乗ったときに、「ライオン！　ライオン！　海にライオンがいる！」と騒いだ島は、あれだったのか。確か、四年生のときだった……夏休みに絵本を作る宿題を出され、好きな童話を本棚から引っ張り出したり、ヒントを求めて家族旅行のアルバムやパンフレットなどを見返すうちに、二年生のときに佐世保で乗った海賊船を見つけて、「これこれ！　ライオンライオン！　海のライオン！」と叫んで部屋に駆け込んだことがある。

*

海のライオン　　　　四年三組　　池田麻紀

日本のあるところに、九十九島という、たくさんの島がうかんでいる海がありました。

その海が見えるところに、動物園があります。

ある日、その動物園に、アフリカから、こどものライオンがつれてこられました。

そのこどもライオンのお父さんもお母さんも、人間に鉄砲で殺されたので、こどもライオンはひとりぼっちでした。

こどもライオンは、さびしくてさびしくて、オリのなかで、毎日泣いてばかりいました。

なにも食べないで、ないてばかりいました。

こどもライオンの係りのひとは、とてもやさしいお兄さんです。なにも食べないのを心配して、ミルクをたくさんもってきてくれました。

こどもライオンは、泣きすぎてお腹がすいたので、ミルクをすこし飲みました。

すこし飲むと、もうすこし飲みたくなりました。

お兄さんはよろこんで、こんどはミルクにごはんを入れてくれました。

こどもライオンは、かなしいけど、ミルクだけではお腹もすいていたので、ごはんもすこし食べました。

すこし食べると、もうすこし食べたくなりました。

すこしずつ食べて、すこしずつ元気になっていきました。

こどもライオンには名前がなかったので、名前をつけることになりました。

係りのひとたちが考えて、動物園にくるこどもたちに、名前をつけてもらうことにしました。

学校が休みの日に、お父さんやお母さんたちといっしょに、こどもたちがたくさん動物園にやってきました。

こどもライオンは、みんなに見てもらうために、係りのお兄さんにだっこされて、動物園の上のほうにある広場につれてこられました。

その広場からは、九十九島の海がよく見えます。

こどもライオンは、海を見て、おどろきました。

お父さんがいたからです。

こどもライオンは、海にむかって
「おとうさーん！　たすけて！　おとうさーん！　おとうさーん！」となんどもさけびました。

人間にはわかりませんが、その声を聞いたサルやキリンたちは「バカだなぁ。あれはおまえのお父さんじゃなくて、ただの島だよ」と教えましたが、こどもライオンは信じません。

夜になって、係りのお兄さんが、いつものように元気かどうか見にきてみると、こどもライオンは「ハァハァハァハァ」と苦しそうにしていました。

お兄さんがあわててオリをあけて、なかに入ろうとすると、こどもライオンはものすごい早さでオリの外にとびだして行きました。

お兄さんも追いかけましたが、外はまっくらで、もうどこに行ったかわかりません。

こどもライオンは、動物園の外にとびだして、水のにおいのするほうに、走って走って走って行きました。

動物園は坂の上にあったので、その坂をころがるように走って行って、そのままいきおいよく、海にとびこみました。

こどもライオンは泳いだことはありませんでしたが、そんなことも忘れてとびこんだのです。

手や足を、あばれるように動かしているうちに、沈まないで、すすむようになりました。

それを高いオリのなかから見ていたサルたちは「バカだぁ」「おぼれ死ぬぞ」「バカバカバカバカバカライオン」といいながら、みんなで笑いました。

こどもライオンは「おとうさん！　おとうさん！　うまれたところにつれてって！　おとうさん！　いっしょにかえろう！　おかあさんのいるとこにいっしょにかえろう！」と叫びながら、暗い海のなかをいっしょうけんめい泳ぎました。

次の朝。動物園の園長さんは、係りのお兄さんから、こどもライオンが逃げたことを聞いておどろきましたが、広場から九十九島の海を見て、もっともっとおどろきました。

いつも見えていた横島が、消えてなくなっていたのです。

＊

――船はこれから「松浦島（まつらじま）」のもっとも深い入り江、三年ヶ浦（さんねんがうら）に入ります。この島は変化にとんだ深い入り江が特長で――

夏休みの宿題に娘が提出した「海のライオン」は先生にほめられたようで、夕食のときに嬉しそうに報告してくれた。

「パパが佐世保につれていってくれたからだよ。佐世保であの海賊船に乗ってさ、あの島見たからできたんだよ。また佐世保にいこうよ」

――ここでUターンします。遊覧コースのなかでも最大の見せ場といえるところです。しばらくの間、迫力のあるUターンをご堪能ください――

「松浦島」と書いて「まつらじま」と呼ばれている島の入り江に進入した遊覧船が、「迫力あるUターン」をするという船内放送に期待していたのか……終わったあとに、テレビのコント番組でよくやっていた〝ずっこけのポーズ〟をして笑い合っている親子連れが見える。誰よりもおどけているあの女の子は、初めて娘が乗船したときと同じくらいの年かもしれない。ささやかな、ほんとにささやかなことだろうけど、きょうの、ずっこけた楽しさは、あの子の記憶に残るのだろうか。いつか母がいっていたような「よか思い出」として、あの子も、懐かしく振り返るときがあるのだろうか。

――左手に「鞍掛島（くらかけじま）」が見えています。馬の鞍のような――

思い出は化石に似ているかもしれない。誰しも考古学者のように、記憶の地層に埋もれている「思い出」という化石を掘り起こし、土や埃を丁寧に払い落とし、小さな破片のひとつたりとも粗雑に扱わず、あらためて見つめ直すときがあるだろう。なかには、掘り出したくない破片もあるだろうけど。

――船の左右に神社の狛犬を思わせる珍しい岩が見えてきました。幾千年の間、波にさらされてきた岩で、長い年月が感じられます――

船着場を離れて三十分ほどすると、それまで島々の間を縫うように航行していた遊覧船の左前方に、遥か水平線まで拡がるような大海原が見えてくる。春霞のせいかどうか、沖のほうの風景は舞台の紗幕越しに見ているようだ。

――右手の島は、さきほどご紹介しました「長南風島（ながはえじま）」ですが、こちらからはひろい岩場がごらんいただけます。千畳敷と呼ばれていますが、学術的には海食台という岩場です。海食台とは、海に食べられた台地と書きます。その名のとおり、波風によって――

池田が乗り込んだ遊覧船は午前十一時三十分の出航だったから、そろそろ昼時か。船内アナウンスが説明していた島の岩場に腰かけて、弁当を食べている夫婦が見える。他には誰もいない。二人とも帽子を被っているからはっきりとはわからないが、年配の夫婦のようだ。男性のそばには、釣り道具が見える。

広角レンズでもなく、望遠でもなく、素直に頭のなかの標準レンズで切り取って、フレームを付ければそのまま絵画か映画になるような光景だ。あのふたりに、どんな過去があったか知るよしもないが、長年に渡って波風にさらされてきた千畳敷の一角に寄り添って座っている老夫婦が、ただ弁当を食べているだけなのに、ただそれだけの光景なのに……池田は不意に、胸をうたれた。

「なんと穏やかな光景なんだろう……なんと羨ましい日常なんだろう……おれと妻も、あ
あいう老夫婦になれるだろうか……」

牧の島であんなに無邪気に遊んでいたひとり娘はすでに遠く離れて、親の言葉に耳を傾けることなく自分が選んだ生き方をしている。あんなに憧れていた広告の仕事も、任され

るクライアントが大きくなればなるほど、オヤジがいっていたことが、いまも変わらないことがわかってきた。
いくら仕事でも、してはいけないこともあるだろう。「仕事だから」といって自分をごまかしてはいないか。浅ましいことをしてはいないか。自分に嘘をついていないか。「収入のために」、不正なことをしてはいないか。卑怯なことをしてはいないか。裏切ってはいないか。仕事は、その仕事が好きであればあるほど、お金のためだけにするものでもないだろう。特に、文化や芸術などのクリエーティブな仕事に携わるひとは、その秤が金銭に片寄りすぎてはいけないのではないだろうか……。

「いまのままの仕事でいいのか……このまま東京で暮らしてていいのか……高層マンションに住んでいる、ベンツのEクラスも買った、フランクミューラーもジャガールクルトも持っている……おれたちの暮らしは、あの老夫婦よりも豊かなのか……今回の故郷へのひとり旅を妻は理解してくれた……妻にも仕事の迷いはあるようだ……おれたちはほんとに、このままでいいのだろうか……おれと妻の千畳敷は、いまの暮らしにあるのか……どこにあるのか……」

――南九十九島遊覧もいよいよ終わりに近づいてまいりました。この西海の海原に散らばる九十九島は――

解説

池田雅夫

　私こと池田雅夫は、この小説のようなもの、の主人公であります。主人公が、自分が主人公である創作(フィクション)の解説をしてもいいとはとても思えませんから、「私はそういうことができる立場ではありませんので」と丁重にお断りをしたのです。「誰に？」って、著者に。でも、著者が脅かすんですよ、「いうとおりにしないと、お前を消すぞ。解説を書かないと、主人公を池田雅夫から下川伸行に代えるぞ」って。せっかくつかんだ主人公の座です。いまさら代えられたくはありませんので、出版業界では邪道な行為かもしれませんが、著者のいうとおりに主人公の私が解説させていただくことをどうかお許しください。

　許していただけたかどうか、読者の反応はすぐにはわかりませんが、著者の反応はすぐにわかります。横に立っていて、自分の悪口を少しでも書こうものなら、ただちに主人公を池田雅夫から下川伸行に書き替えようと身構えて、私のことを鋭く監視していますから。という緊迫した状況のもとで、はなはだ僭越ではありますが、創作の主人公である私が登場している私の創作の解説を私がはじめさせていただきます。

　この本は、エッセイ集です。エッセイはノン・フィクションですから、〈事実〉を書かなくてはいけません。受けをねらって多少の誇張はあっても、創作はいけません。にもかかわらず、エッセイ集の冒頭の章でもあるのに、著者はどうしてエッセイではなくて、こういうフィクションを書いてしまったのでしょうか。

それは、書きたかったからです。著者の身勝手、他人の迷惑をかえりみない自己満足以外のなにものでもありません。私こと、下田雅夫が考えるに……いえ、あの、それは決してたんなる身勝手や自己満足などではなくて、著者が虚心坦懐に再思三考したあげくの選択であり、私こと……池……池田雅夫が考えるに、著者は故郷である佐世保のことを書くにあたりノン・フィクションでホントのことばかりを書くと、佐世保に縁のある人たちは喜んで読んでくれるかもしれないけれど、それ以外の人たちは「わし知らんもんね」、「あたい関係ないもんね」と読んでくれない恐れがある、と判断したからではないでしょうか。

著者は姑息な奴なのです。姑息でありながらも計算高く、そのくせ色は白いが腹は黒くて顔は広いが心は狭い奴なのです。そういう奴ですから、私こと下川雅夫が思うに……いや、あの、その、著者が姑息であったり計算高いなんてとんでもない！　誰だ、そんな失礼なこといったのは！　著者はそれはもう……そうそう、そうですそうです、それはもう、とても思慮深くて、とてもとても配慮のある人なんです。私こと……池……田……池田雅夫が思うに、故郷を離れて都会で暮らしている人はたくさんいます。それぞれ自分の故郷を離れてはいても、それぞれ〈思い出深い場所〉があるはずです。仕事や人間関係で辛いときに、苦しいときに、悲しいときに、その場所のことを思えば、その場所にたたずめば、生きる力を取り戻せるように感じる場所があるはずです。

どうやら著者にも辛いとき、苦しいとき、悲しいときがあったようです。こういうふうに書くと、「なにもおまえだけじゃねぇよ」という声が聞こえてきそうですね。程度の差はあるでしょうが、誰もがそういうものを抱えて生きていることを、著者も充分に承知してはいるようです。窓辺に立って、出航してゆく五島行きのフェリーを見下ろしながら、横でうなずいております。

たとえばこのエッセイ集の「その男たち、共謀につき」の章を読んでもらえると……まさか、あれほど親しかった身内たちからこんなことをされることもあるのかと、家庭円満、家内安全、肉親正直な人たちなら驚かれるような経験もしたようですし……しかもその身内たちというのは、とてもきれいな貼り絵で商売をしていて、神奈川県あたりでは有名な家族のようで、こんなにきれいな貼り絵を仕事にしている方たちが、こんなにも欲深くて恥知らずなことをしていたという〈事実〉も書いてあるそうです。そのことで、著者の奥さんは非常に苦しんだらしくて……確かに、辛さや苦しみには人それぞれに程度の差はあるでしょう。多かれ少なかれそういうものを抱えている人たちが読んでくれたときに、「自分も〈あそこ〉に行ってみようかな」と思うきっかけになったり、そしてそれが〈再生〉のきっかけになってほしいとの気持ちを込めて、著者はこの創作を書いたようです。入港してきた自衛艦を見下ろしながら、横でうなずいております。

いつも心に懸けていた人に、長年にわたって親しくしていた人たちに、そういう「よか思い出」のあった人たちに、背かれ、裏切られたと知ったときに……あるときはひとりで、あるときは妻とふたりで訪れていた〈再生の場所〉……著者にとってはそこが、「九十九島」だったようです。緑に輝く烏帽子岳の上空に浮かぶ雲を見上げながら、横で力強くうなずいております。

人智のおよばない美しき天然の造形を眺めているだけで、どんな言葉よりも癒され、鎮められて、著者は生きる力を取り戻したことがあったようです。ですから、この小説のようなものに書かれている地名は、「青森」でも「静岡」でも「鹿児島」でもいいのです。訪れる場所は海でなくても、山でも川でも湖でもいいのです。「磐梯山」でも「四万十川」でも「金隣湖」でもいいのです。自然ばかりではなくて、母校の校庭でも、初めて煙草を吸った喫茶店でも、町に一軒しかなかった映画館の暗がりでもいいのです。

著者の経験から生み出された主人公として私が思うには……いまは故郷を離れて暮らしているけれど、これからもいまのままでいいのかどうか、迷ったり考えたりしている人たちに読んでほしかっただけじゃないでしょうか。ですからそういう人たちに、自分のことのように感じてもらえるように、より普遍性を持たせるために、エッセイよりも、私こと池田雅夫を主人公にしたフィクションに仕立てたのではないでしょうか。

著者にとって主人公である私の名前だって、「池田」ではなくて、「中野」でも「西野」でも「森」でも「占部」でもよかったんです。みんな東京にいて、高校時代からの友人たちの名前のようですが、著者には少年時代を共有した友人たちのことを、いつまでも引きずっているようなところがあるんです。

高校時代に限らず著者はいまだに、敗戦後に朝鮮半島から引揚げてきて、一本二十円のおでんや一個三十円のおにぎりを商いながら自分を育ててくれた親たちのことや、自分の子供時代のことを、いつまでもぐずぐず、めそめそ、だらだらと考えているような奴、ではなくて、考えているような人です。自分が『鉄道員』や『自転車泥棒』の子役のように。

そのあたりの著者の〈生い立ち〉については、「名もなく貧しく美しくもなく」の章を読んでみてください。本邦初公開です。といっても、公開されるのを誰も期待していなかったかもしれませんが、多少とも著者のことを知っている人たちにとっては、ちょっと驚くかもしれないことが書いてあります。それも〈事実〉です。少し〈重い〉かもしれません。

そう感じたら、「エコバック一杯の幸せ」を読んでみてください。かなり〈軽い〉です。お笑い系放送作家らしい書き方です。四十年ぶりにUターンした故郷暮らしの楽しさが満載です。「私ね、思うんですよ。人生には失楽園が必要だってね」……失楽園はいけません。こんなこと書いていると西田さんに怒られます。番組の構成を担当している、原すすむに嫌われます。楽園でした。

柳家喜多八・林家正蔵、柳家喬太郎、桃月庵白酒、柳家三三、春風亭一之輔……落語ファンにはたまらない名前も出てきます。著者は故郷で落語会を主催していますが、そこに出演していただいた師匠方の、主催者にしか書けないエピソードも披露してあります。

学校の先生や、子供たちの教育にたずさわっている関係者には「素晴らしき哉、人生に落語」をおすすめします。そういう方々に興味をもって読んでもらえるような、子供たちに落語を教えている著者ならではの経験も書いてあります。人気・実力・人柄と三拍子揃った師匠方と落語会を主催し、故郷の人々に落語の素晴らしさを伝えている著者は、その経験から確信したようです。人生には楽園も落語も必要だし、子供たちにもいまこそ落語が必要だと。

著者と同い年で、十九歳のときに知り合って六十二歳の今日まで、一番身近で見てきた奥さんは、「この本にはあなたの喜怒哀楽が詰まってるね」といったそうです。私もそう思います。確かにこの本には、著者の〈喜・怒・哀・楽〉が詰まっています。著者は小学校に入学したときから六年生まで、通信簿の父兄通信欄に先生たちから「喜んだり悲しんだり怒ったりの激しいお子さんですね」みたいなことを毎年書かれていたそうです。筋金入りの喜怒哀楽男です。

とにかくこの著者は還暦も過ぎたというのに、いい年していまだに青臭いことばかりいっているし、お笑い系の放送作家として長年お笑い番組の台本を書いてきた〈笑い好き〉のくせに、いまだに『素晴らしき哉、人生』とか『ひまわり』とか見ては涙ぐむし、『シチリア・シチリア』のメイキングDVDにあるトルナトーレ監督の「故郷を語らずして世界は語れない」という言葉に刺激をうけて、自分も故郷の映画を作ろうとしても監督ほどの才能もなく、世界的な小澤征爾氏が信州の子供たちを相手に指揮している姿に感銘をうけて、自分も佐世保の子供オーケストラを指揮してあげようと思い立ったはいいけれど、楽譜も読めず楽器もできないことに気づいて断念するようなオッチョコチョイだし、世の中の不正や理不尽なことには怒るくせに、理不尽にも浮気していたこともあるし、家族には案外思いやりもあっていいとこもあるけれど、非常に身勝手なところも多いから女房には一週間も家出されて見苦しいほど取り乱しやがるし、ったくこの本の著者である海老原って奴は、私こと下川伸行が思うに……あれ？ 私は誰？ 池田はどこ？

第二章

名もなく貧しく美しくもなく

『砂の器』の和賀英良や『ゴッドファーザー』のマイケルほどではないにしても、自分の生い立ちや親のことを知られたくない、話したくない、できれば隠しておきたいひとは多いでしょう。私も、そういうひとりでした。「でした」と過去形で記したのは、「できれば隠しておきたい」生い立ちや親のことを、これから書こうと決めたからです。

私は有名人でも時の人でもありませんし、日経新聞に載るような大企業の社長でもないので、「おまえの生い立ちなんか興味ねぇよ」でしょうが……そういうひとは、そもそもこの本を手に取ることはないでしょうし、読んでくれてもいないでしょう。世評に上ることのない私の本をいまこうして読んでくれているひとたちは、以前から私のことを知っているひとたちに限られていると思います。たとえば、少年時代をともに過ごした同級生たちや一緒にテレビ番組を作ってきた放送業界の仕事仲間たち……いやでも、彼ら彼女らは還暦過ぎの私と時間を共有してきたひとたちですから、いまやしっかりとオッサンだしオバサンだし、なかにはジィージやバァーバもいて、それぞれに人生経験が豊富でしょうから、いまさら何を見ても聞いても、「あ、そう」「世の中そんなもんだよね」と軽く受け流すひとたちばかりでしょう。自分が思っているほど、他人は自分のことを思ってはくれないことを充分にわかっているくらいには、私もスレッカラシです。充分に人生のスレッカラシではありますが、スレッカラシにも五分の魂。

あるときから私は、自分の子供時代のことを話したほうがいいんじゃないか、と思いはじめたのです。誰に？　子供たちに。どこの子供たちに？私が落語を教えている子供たちに。その子供たちを私に任せてくれている、お父さんやお母さんたちに。

子供たちひとりひとりと向かい合って稽古をしているときの、子供たちひとりひとりの真剣な、あまりにも真剣な眼差しを正面から受けていて、あるとき、この〈あるとき〉は何回かありますが、そういうときに、私も試されていると感じるようになったのです。

＊

いま（平成二十七年六月現在）私が落語を教えている子供たちは小学三年生から中学三年生までの十一人で、女の子も二人います。どの子も、私が主催している落語会に参加するまでは、人前で落語なんか演ったことなどありません。私は子供たちとプライベートな話はあまりしませんので、誰に誘われて落語会に来場してくれたか詳しくは知りませんが……親が落語好きなのか、テレビで見たことある人が出るからなのか、前座として友達が出るからか、先に参加していた兄弟の高座を見たからか……理由はともかく、初めて『佐世保かっちぇて落語会』を見聞したあとで、「自分も演ってみたい」と手を上げてくれた子ばかりです。

　私は将来のプロを育てる気で教えてはいませんので、古典落語を知っているかどうかとか、〈うまい・へた〉なんてことを子供の基準にしてはいません。

　落語家が、ちゃんと落語をしているのを見たことも聞いたこともない子供たちが、落語をおもしろいと感じるかどうか、自分も演ったら楽しいだろうなと想像できるかどうか。この〈感性〉と〈想像力〉があるかどうかが、子供に対する私の基準です。ですから台本は、古典落語を短くわかりやすくしたのを教科書のように子供に覚えさすのではなくて、その子に合いそうな台本を、その子が〈共感〉しやすいような噺を私が作っています。

　一度演らせてみて、登場人物がその子に合っている場合は、ネタは新しくしながらも、登場人物は変えずにシリーズ化しています。そうすると次に演るときには、新たに設定を覚え直す緊張感が薄くなります。人物への感情移入もしやすくなりますし、より表現力を高めることができるようになりますから、回を重ねるごとに、その子に合った進化する台本作りを心掛けています。なかには長いセリフが苦手な子もいます。そういう子には、短くても受けるネタを用意します。長い噺のなかでのクスクスもあれば、一発オチでのガハハもあるのが〈笑い〉のいいところですから、台本が長い、短いは関係ありません。教科書的なものもいりません。

　誰に強制されたわけでもなく、学校の授業や成績とは関係ないのに、稽古を重ねて迎える本番の日……その子が着物に着替えて、出囃子で登場して、座布団の上に正座して、助けてくれる仲間もいなくて、たったひとりで、私たちがホームグラウンドにしている会場の六百人もの観客を前にして、そのひとたちが〈自分の言葉〉で笑ってくれた、〈自分の姿〉に拍手をしてくれたそのときに〈感じたこと〉を大切にしてくれれば、そのときの〈体験〉を忘れないでいてくれたら、それでいいのです。そのときの高座で、その子だけが感じた〈何か〉によって、学校や塾とはちがった〈自信〉を得てくれれば、それでいいのです。

出番前の緊張感と噺を終えたときの達成感。〈たったひとり〉で落語をするという体験が子供の内面を強くする、ネットやラインに翻弄されている現代の子供たちの成長過程においてこそ〈古典的な落語体験〉は必要であり有効である、と確信していますので、稽古のときに私は、けっこう熱く語るときがあります。松岡修造さんほどではありませんが……「まちがってもいいんだよ。算数や数学じゃないんだから、ここでやってることに正解はないんだから。はい、もう一回」「いいから気にするな。忘れるときもある。そういうときは、エ〜とかア〜とかいってりゃそのうち思い出すから。でも、できれば忘れないほうがいいから、そのための稽古なんだから。はい、もう一回」「いいねいいね、それでいいんだよ。はい、もう一回」「考える。自分で考える。台本はあるけど、自分がやるんだから、自分で考えて、自分で工夫する。はい、もう一回」「もっと気持ちをこめて……そうそう、いいねいいね、できるじゃないか、はい、もう一回」「君にしかない、いいモノがあるんだから、それを見つけるための稽古なんだから、はい、もう一回」「だいじょうぶ。自信をもって、はい、もう一回」「だいじょうぶ。自分を信じて、はい、もう一回」……書いていて、恥ずかしくなりました。でも確かに、私は子供たちと稽古場で向かい合っているときに、こういうことを口に出しています。

稽古場で私と向かい合っているときの子供たちは、日々の暮らしのなかでこれほどまでにきちんと正座して、これほどまでにきちんとお辞儀をすることがあるのだろうかと考えさせられるほど、きちんとしています。私は命じたり怒ったりしませんが、子供たちは誰もが自然とそうします。

そういう子供たちが、向かい合ってお辞儀をしたあと顔を上げて、まっすぐに私の目を見ます。私が話している間は瞬時も目をはずすことなく、真剣に聞いてくれます。そのあまりに真剣な眼差を受けながら、もうひとりの私が私につっこみを入れます……「そんなこといってるけど、おまえが子供だったころはどうなんだよ?」「そんなに自信があったのか?」「そんなに自分を信じていたのか?」「どうだったんだよ、おまえがあの子たちと同じような年のときは?」「おまえも、自分の子供時代を思い出してみたらどうなんだ」

*

もうひとりの私からつっこみが入り、私が自分の子供時代を振り返るきっかけになった少年がいます。

その少年のことは別の本でも書きましたので、詳細はここでは省きますが、あるとき稽古中にこんなことがありました。私の用意していた台本が自分の期待していた内容とちがっていたのでしょう。その内容を聞いたとたん、涙をこぼしはじめたのです。泣き叫んで嫌がるでもなく、大声で抗議するでもなく、座布団の上にきちんと正座したまま、泣いてはいけないと思ってはいても、どうしようもなく涙がこぼれてしまっているような、耐えながら泣いているような、そんな感じでした。その少年が初めて参加をした二年前、小学三年生のときの話です。

いつも立ち会っているお母さんは欠席でしたので、その場にいた他のお母さんから聞いたのでしょう。その夜にメールがあり、自分の子が稽古中に迷惑をかけたお詫びと、その少年が幼児だった頃のエピソードが書いてありました。そのメールを抜粋してみます。

「……先日は息子がわがままを言い、申し訳ございませんでした　彼は幼児のときから、レストランに行っても断固、幼児椅子には座らず（中略）でも泣き虫で、すぐ落ち込む難しい男なんです……」

私はすぐに、自分の幼稚園時代のことを書いて返信しましたが、その内容は消去したので、覚えている範囲でここに書いてみます。

「……私は幼稚園のときに、よく脱走していました。みんなと一緒にお遊戯をするのがとても嫌だったことと、眠くもないのにお昼寝をさせられるのがとても嫌だったからです。何度も脱走しては泣きながら先生たちに連れ戻されました。親は、その幼稚園がこの子には合っていないのだろうと判断して、もうひとつの幼稚園に移されましたが、そこでも同じでした。親にはひどく叱られ、将来を心配された記憶が残っていますが、結局私は通園しないで、幼稚園中退のまま子供時代を過ごしました」

というような内容でしたが、お母さんは私が幼稚園を二か所も中退するような〈難しい子〉だったとは思いもよらなかったようで、なんだか安心（笑）されたようです。

私の幼稚園中退話をお母さんから聞いたかどうかは知りませんが、その後、稽古場では「棟梁」と呼んでいるその少年が本番を迎え、別に用意した台本で無事に、見事に初高座を終えた翌日、お母さんからメールがありました。

「……昨夜寝る時、棟梁が布団をかぶって泣いていたので訳を聞くと、自分に感動したらしいです……」

なんだか私は、進学した大学名や放送作家という職業や子供たちに教えている〈雰囲気〉から、家庭的には恵まれて育ち、今日までたいした問題もなく、人生順風満帆のように思われているのかもしれません。他の父兄から、そういうことをいわれたこともありましたが……私だって、島倉千代子じゃないけれど、人生いろいろあったんです。子供時代だっていろいろあったんです。たぶん、私が子供時代を過ごした環境や親との関係は、他の子供たちとはちょっとちがっていたかもしれません。ちがっていたゆえに、私が感じたことを、考えたことを、悩んだことを、それでも生きてきたことをいま知ってもらうことは、少なくとも私が落語を教えている子供たちや父兄たちにとって、〈何か〉の役に立つのではないだろうか……我が子の難しさに悩んでいらしたお母さんが、私が幼稚園中退である話を聞いただけでも安心され、それまで以上の信頼を寄せてくれるのですから。

子供たちを見ていてそんなことを考えさせられたので、これから私の五十五年ほど前にタイムスリップしてみようかと思いますが……その前にもうひとつだけ、落語を教えている子供たちにまつわるエピソードを紹介させてください。

昨年（平成二十六年）の第九回目のときに新しい男の子が参加してきました。私は稽古場では雰囲気作りのために、子供たちには落語にちなんだ名前を付けて呼んでいます。

新しい男の子は小学三年生で、古典落語の『ねずみ』に出てくる親孝行の子供はこんな感じじゃないかと思ったので、「うの吉」と呼ぶことにしました。自分の考えとちがった台本をもらって泣いてしまったと書いた少年の呼び名は、「棟梁」。棟梁は小学四年生になっていました。

九回目の公演に向けて稽古中に、地元ケーブルテレビ局の取材が入りました。子供たちひとりひとりにテレビカメラが迫ります。うの吉の番になりました。落語の稽古もテレビ取材も初めての経験です。私と向かい合って、覚えた噺を間違えないようにいうだけでも緊張しているだろうに、その姿にテレビカメラが迫ります。前回の稽古のときにはいえたせりふが、うまく出てきません。口が動くよりも、チラッチラッとテレビカメラを見る目の動きのほうが多くなり……絶句したあと……じわっと、涙をこぼしはじめたのです。

うの吉は最年少でしたが、稽古場では無駄な動きはせずに、ひょうひょうとしていて落ち着いていています。私にほめられて嬉しそうに笑うのを見るたびに、「こういうことをやってよかったなぁ」と思うほどのいい笑顔を、いつも見せてくれます。その子が涙を流しています。私は棟梁のときに学んだので、なにもいわずにしばらく黙って見ていましたが、少し落ち着きを取り戻したように感じたので……

「うの吉は、大竹まことっていうタレント知ってる？　知らないかな。まぁ、知らなくてもいいけど、大竹さんとは一緒に仕事をしていた時期があって、ぼくより年上なんだけど、いまもまだ現役で活躍しているひとでね。笑いのセンスがあって、自分の意見もしっかりもってて、とても精神的に強いタレントと思われているけど、若い頃に初めてテレビに出たときには、緊張しすぎてテレビカメラの前で気絶して倒れたんだよ。でもあるときから、テレビカメラなんか睨み返すほどになったけどね。あんなテレビカメラが迫ってきたら誰だって緊張するよ。緊張したっていいんだよ。緊張して泣いたって、倒れたっていいんだよ。そのときの感覚を忘れないで、次に、そうならないように努力すればいいんだから。その努力が大事なんだから。そのまま泣きたかったら、自分でだいじょぶになるまでそこで泣いててもいいし、もどってあとでやり直してもいいよ。自分が演るんだから、自分で決めよう」

うの吉は控えの場所に戻らずに、まっすぐに私を見直して、せりふをいいはじめました。

「お、いいね……続けるか？　……よし、やってみよう……ウム……いいよ、いいよ……そうそう……もう少し大きな声で……いいね、いいよ……よし！　最後までいえたじゃないか！」

うの吉に、いつもの笑顔がもどっていました。笑いながら、テレビカメラを見ていました。

*

うの吉が初高座の日。出番を待っているときに、棟梁が歩み寄って小声でいったひとことが、そばにいた私の耳に入ってきました。

「うの吉、泣くなよ」

うの吉は棟梁を見て、しっかりとうなずいていました。

*

三島由紀夫は「自分が生まれた瞬間の記憶がある」と公表していましたが、文豪でもなく虚言癖もない私の、この世に生まれてからの〈最古の記憶〉はなんだろうか?

古い写真を探し出して見ると、金太郎のような腹掛け一枚で這い這いしているのがありましたが、記憶はありません。端午の節句に武者人形の前で、着物を着せられて正座している四歳くらいの写真もありましたが、その覚えはありません。武者人形はなかなか見事な品揃えで、子供にとっては楽しい行事であったはずなのに、覚えていません。そのかわり、同じ四歳くらいの出来事だと思いますが、こういうことは鮮明に覚えています……二階にあった部屋を飛び出し、廊下を三十メートルほど走って幅が四メートルくらいある階段を跳ぶように十二段ほど駆け下り、玄関まで十メートルほど走って表へ逃げ出したことがあります。泣きながら、裸足で。後から母が、長い竹の物差しを振りかざして追いかけてきていました……そのことは、はっきりと覚えていますが、それほど激しく怒られた原因は、覚えていません。朝だった記憶が残っていますから、たぶん、幼稚園に行かないことをとがめられて、「行きたくない」の一点張りの挙句に、母の逆鱗に触れるような口ごたえをしたのでしょう、なんといったかは覚えていませんが。

同じ四歳くらいのことなのに、楽しい行事の記憶はなくて、泣きながら裸足で外まで逃げ回ったことをはっきり覚えているとは……数多くのお笑い番組の台本を書き、落語会を主催してはいますが、私の本質はペシミスト（厭世家）かもしれませんね。ま、私がペシミストだろうがオプティミスト（楽天家）だろうが、そんなことはどうでもいいでしょうが、私が逃げまわっていた家の大きさが気になった読者はいるのではないでしょうか。二階の廊下が三十メートルあって幅四メートルの階段を十二段下りてからも玄関まで十メートルもある家。「マンション」など言葉すらなかった、昭和三十二年頃の話です。

私たちが住んでいた家は、昨年売りに出されたウォルト・ディズニーの家よりも大きかったかもしれません。あの大きさで、外装は白いタイル貼りかレンガ造り。廊下が大理石で私たちだけで住んでいれば、まさに大豪邸だったでしょうが……外装は薄くて汚い板張りで、廊下も汚い板張りで、私たち以外にも……確かな数は覚えていませんが二十世帯くらい、一世帯平均三人としても六十人ほどのひとたちが、ひとつ屋根の下で一緒に暮らしていたのです。母に叱られ、私が飛び出した二階の部屋は六畳一間。そこはいわゆる普通の家にある部屋のひとつではなくて、その六畳一間が、私と父と母の〈家〉でした。

＊

その当時、私たちが住んでいた家が内部にあった建物の名称は「大黒町市営第三住宅」。建物全体の見た目は、二階建ての汚い木造校舎のようで、正面玄関を入るとすぐ右手に男女共同の便所がありました。男性用の〝朝顔〟が五つほど並んでいて、その背後に汚い木のドアが付いた男女兼用の和式便器があり、汲み取りです。玄関を入って左手には、四歳くらいの背丈では上まで届かないほど高くて幅が広くて汚い下駄箱があり、そこで靴を脱いで、一段高くなっている汚い板の間の中央に立って屋内を見ると、昼でも暗い廊下がまっすぐに伸びていて、その両脇に教室のように、それぞれの〈家〉が並んでいました。二階も同じです。それらの家への出入口は薄くて汚い板張りの引き戸一枚。中は六畳一間で、トイレも台所も風呂もありませんでした。トイレは、共同のが玄関脇に一箇所だけ。台所も共同で、十畳くらいの板の間の中央に、調理用の大きなテーブルがひとつ。右の壁沿いに竈（かまど）が……確か三つあって、正面の壁沿いに細長い流し台があり、水道が三つか四つ。左の壁沿いには共同の食器棚……があったような記憶があります。その共同の台所は、一階に一か所、二階に一か所。当然どちらもガスではなくて、誰もが炭や薪でご飯を炊いたり、おかずの煮炊きをしていました。風呂は銭湯。住宅から歩いて五分くらいのところにありました。

私たちが住んでいた「第三住宅」を真ん中にして、左隣にあった同じような木造二階建ての汚い建物が「第二住宅」。右隣にあった同じような汚い建物が「母子寮」。どの建物の内部も、同じような造りだったようで、建物と建物の間は十メートルほどで、そこは空き地になっていて木製の物干し台が並んでいました。ランニングシャツ一枚で遊びに行くような季節になると、誰が植えたのか、空き地のあちらこちらでカンナの花が咲きはじめ、その色は、怖いくらいに真っ赤でした。

物差しを持った母に追いかけられて逃げまわった四歳頃からの記憶は鮮明ですから、私がそこに、四歳から小学三年生まで住んでいたのは確かです。四年生になると「大黒町市営第三住宅」から建て替えられた「大黒団地」に引っ越しましたが……四歳以前からもそこにいたのか、それ以前は別の場所にいたのかは知りません。父も母も、過去のことはほとんど話してくれませんでしたから。

脱走を繰返していた幼稚園児の頃の行動範囲は、自分が住んでいる住宅の近所ばかりですし、友だちも同じ住宅の子ばかりでしたから、ダイスケの家に遊びに行っても六畳一間、たっちゃんの家に行っても六畳一間、ヒコちゃんの家に行っても六畳一間。誰の家に行っても六畳一間。平等でした。

小学校に通いはじめるようになると、いろんな町内から子供たちが集まってきて、新しい友だちも増え、そういう子たちの家に呼ばれて遊ぶようになります。世の中は平等ではありませんでした。新しい友だちはどの子も、きれいで見栄えのいい一戸建てに住んでいました。自分たちだけの専用の門があって、丈夫なドアが付いた玄関があり、トイレも自分たちだけで使えて、部屋もひとつだけではありませんでした。

私はあの頃に初めて、「恥ずかしい」という感覚を知ったような気がします。小学一年生でした。恥ずかしくて、他の町内の友だちを〈我が家〉に呼べませんでした。

恥ずかしいといえば、小学校に上がって初めての父兄参観日。教室の後には、たくさんのお父さんやお母さんたちが立っていました。自分の親が来てくれているかどうか気になって、授業中に先生に見つからないようにそっと振り向くと……黒い色ばかりが鈴なりに見えるなかに、ひとつだけ白い色がありました。私の父の白髪頭です。

そのとき父は六十一歳、母は五十二歳、私は六歳。兄も姉もいません。私はひとりっ子です。

市場や繁華街などを一緒に歩いていて親の知り合いに会うと、その人たちに「かわいい孫たい」とよくいわれましたが、いわれるたびに、嫌な気持ちになったことを覚えています。「かわいいか」はいいんです。大いにいいんです。「孫」がいけません。嫌でした。大人たちの何気ない言葉でも、たとえそれが褒め言葉でも、子供は傷つくことを知りました。

第三住宅のなかにある六畳一間が我が家でも、父親がおじいさんような白髪頭でも、たとえば会社の社長とか病院の先生だったら、子供の私は少しは胸を張れたかもしれませんが、父の仕事場は、競輪場の売店です。母も、母の妹である叔母も一緒に働いていました。

*

小津安二郎監督『お茶漬の味』、同じく小津安二郎監督『早春』、もうひとつ小津安二郎監督『お早よう』、成瀬巳喜男監督『銀座化粧』、中村登監督『集金旅行』、増村保造監督『くちづけ』、五所平之助監督『煙突の見える場所』……さて、これらの映画に共通のものはなんでしょうか？

わかるひとは相当の映画通ですね。答えは「競輪」です。いずれも登場人物たちが競輪好きだったり、競輪場で働いていたりします。

私はこれらの映画を一本も見たことはなく、『サライ』という雑誌に「映画の虫眼鏡」というタイトルで連載されていた川本三郎氏の記事からの情報です。その記事のサブタイトルが「ギャンブルというよりスポーツ感覚で人気を博す」とありますから、あくまで映画のなかの競輪の印象でしょうが、明るくて楽しそうな雰囲気に書いてあります。それぞれの映画の舞台となった横浜の「花月園」や京都の「向日町競輪場」、東京の「後楽園競輪場」あたりはそういう明るくて楽しくて爽快なスポーツ感覚の競輪場だったかもしれませんが、私の親たちが働いていた「佐世保競輪場」は、せこくて浅ましい印象でした。

この印象はあくまで、私が小学生から中学生にかけて売店を手伝っていた昭和三十四年から四十三年頃までの話で、あくまで子供だった私の体験から得た印象です。

いま（平成二十七年現在）も佐世保には競輪場があり、その開催日がいつなのか、場内の売店がどういう状態かは知りませんが、私が手伝っていた子供の頃は月初めの土曜、日曜、月曜、その次の週の土曜、日曜、月曜と月に二回開催されていて、親たちは「一節（いっせつ）、二節（にせつ）」といっていましたが、一節と二節を合わせて月に六日間、売店での、その六日間だけの売り上げが我が家の収入でした。

「売店」と聞くと、キオスクのような駅の売店を連想されるかもしれませんが、競輪場の売店は、ギャンブルにやってくる客の食欲を満たすための食堂です。食堂とはいっても、間口は三メートルくらいで開けっぴろげ、奥行きは八メートルくらいで、客が食事、いや飯を食うための安っぽいビニールクロスがかけてある四人掛けの安っぽいテーブルと、背もたれがなくて座るところが赤か青の丸いビニール製の安っぽい椅子が所狭しと置いてある「ホール」があり、一番奥が調理場でした。ここで一家総出で、とはいっても父と母と叔母と私の四人ですが、ギャンブル客を相手に働いていていました。

開けっぴろげの入り口に向かって右側の一角に、客の呼び込みもかねた割烹着姿の母が陣取り、夏はブリキで内張りされた木箱に四角くて大きな氷を入れて水を張り、そこで冷やしたラムネや牛乳や豆乳やジュースを売っていました。冬はおでんです。ごぼう天、半分に切った丸天、こんにゃく、スジ（牛すじ）、たまご、人工衛星ともゲンコツとも呼んでいた練り製品も入っていました。値段は時代とともに上がっていきましたが、そういう飲み物を三十円、五十円、おでん一本二十円、三十円で売っていた頃からの記憶があります。

入り口のほぼ中央、母の目のとどくあたりには「ちんれつ」と呼ばれていた長方形のガラスケース。そのなかには、おにぎり、赤飯、お稲荷さん、ぼた餅、ほうれん草のごま和え、高菜の炒め物、卵焼き、肉じゃが、春雨ときゅうりの酢の物などがそれぞれ小皿にあって、客が好きな物をそこから出してホールで食べていいようになっており、ホールの壁には、父の毛筆で書かれたメニューが貼ってありました。

ラーメン、チャンポン、焼きめし、カレーライス、ご飯、豚汁、親子丼、うどん、肉うどん、月見うどん。ホールと調理場の間には人ひとり通れるくらいの出入り口があり、そこの台に木製の金庫。そばには五つ珠（たま）の算盤を手にした金庫番兼会計の父が立っており、母の妹である叔母は料理担当で、臨時雇いの女性に手伝ってもらいながらも、メニューにある料理をひとりで作っていました。

私の役目は主に母の横にいて、客に注文されたジュースの栓を抜いたり、豆乳の吸い口をハサミで切ったり、牛乳のビニールをはがして小さな千枚通しで紙のふたを開けたりすることでした。楽な仕事だと思うでしょ？　私も初めて親から頼まれたというか、命じられたときは、「そがんことぐらいかんたんたい」と胸を張りました。小学三年生か四年生のときです。

それ以前も、子供の足でも住宅から売店までは十五分ぐらいでしたので、学校があるときでも「競輪の日」には帰宅後に売店に行って親たちのそばにいましたが、まだ小さかったので手伝いは頼まれずに、終わるまでは興味のままに場内を歩きまわって車券を拾い集めたり、金網越しに選手を見たり、レースに熱中している大人の興奮状態が珍しいので、その表情を見上げたりしてひとり遊びをしていましたが、母の横で手伝うようになってからは、「おおごとばい！」でした。

「おおごとばい」の「おおごと」は、漢字だと「大事」。非常に大変という意味ですね。「ばい」は強調するときに長崎地方でよく使われる接尾語です。

私が手伝っていたころの競輪は、一日に十二レース。レース中は誰もがレースの勝敗に夢中ですから、スタンドや金網前で祈ったり叫んだりしていて、売店に客はひとりもいませんが……最後の一周を告げる「ジャン」が聞こえだすと、売店の空気が一変し、一気に緊張感が高まります。売店は横並びに四軒同じようにありましたが、どの売店もただならぬ気配に包まれ、父は調理場の叔母に向かって厳しい表情でひとこと、「くるぞ」……まるで、砦にこもってインディアンの襲撃を迎え撃つジョン・ウェーンのようでした。最前線に陣取った母も固唾をのみながら、緊迫した表情で油断なく前方を見張って、

「やすよし、よかね？」……私は手ににじむ汗を半ズボンで拭きながら、まるで弾丸をチェックする騎兵隊員のように、ラムネのビー玉を落とす木の道具、ジュースを開ける栓抜き、豆乳に使うハサミ、牛乳のふたを開ける千枚通しを目の前のスペースに並べて、それらがちゃんと揃っているのを確認し、きりりと母にうなずきます。

「布きんは？」……忘れていました。栓抜きやハサミを使う前に、氷水から取り出したラムネや豆乳を渡すときに客の手が濡れないように、布きんで拭かなくてはなりません。

「拭く、押す、切る、はずす、開ける、拭く、押す、切る、はずす、開ける」と頭のなかでシュミレーションをくり返しながら、敵を迎え撃つ、ではなくて、客を迎える準備をし

ていました。

「ウオ――――――――――！」

選手たちがゴールインして勝敗が決まったのです。突如、地の底から歓声とため息と怒号と罵声がひとつになったかのような大音声が聞こえたかと思う間もなく、いままでレースに熱中していた観客たちが売店目指して、我先に突進してきます。怖いぐらいでした。子供の目には、誰もが殺気立っているように見えました。

レースとレースのインターバル（休憩時間）の間に、それまでスタンドで、あるいは金網越しに叫び続けた喉をうるおし、腹を満たし、次のレースの予想をし、車券を買いに走り、煙草を吸い、なかにはトイレに行くひともいたでしょうが、そういう観客たちがインターバルの間に、少なくても十人くらい、時間帯によって多いときにはその三倍か四倍くらいが集中的に、間口三メートルで調理場を除いた奥行き四メートルぐらいの売店に殺到するのです。第一レースの出走はお昼からでしたので、特に、三レースあたりから五レースくらいまでは、「おおごと」でした。それだけの人数の、それぞれ好き勝手な注文を店頭では母とふたりで、ホールでは父と手伝いの女性がふたりでさばかなければいけないのです。「遅か！」「早よもってこんや！」「まだや！」「間に合わんたい！」「こっちこっち、おいが先ばい！」……いらいらして語気荒く注文したり催促するのは、前のレースで〈とられたひと〉たちです。

　ホールはホールで殺気だっていましたし、母と私とで死守していた店頭の、冷たい飲み物に押し寄せた客たちのなかにも、負けた腹いせなのか、母や私に当り散らすように注文するひともいました。

　代金の受け渡しは母の役目でしたから、私はひたすら客にいわれるままにジュースの栓を抜き、豆乳の口を切り、牛乳のふたを開け続けましたが、あまりの客の多さにまちがえたり道具を落したり、氷水に急速冷蔵なんかありませんから「いっちょん冷えとらん！」と怒鳴られたりしながらも、必死で与えられた使命をまっとうしようと戦っている最中に、小さいながらも真剣に仕事をしている最中に……卑怯にも、私たちが忙しいのをいいことに五十円のところを三十円しか払わずに立ち去るせこい大人や、母には「子供に払った」と嘘をついて逃げたりする浅ましい大人を何人も見ました。

　店頭販売が冷たい飲み物からおでんに切り替わっても、ごぼう天一本の金を払わなかったり、スジが固いから一本分でもう一本くれと文句をつけながらも、固いスジも食べてる大人もいました。

　次のレース開始の場内アナウンスがはじまると、ギャンブラーたちは勢いよく売店を飛び出して潮が引くようにスタンドや金網前に走って行きましたが、なかにはその勢いに乗じてホールの飯代を払わずに走り去る大人もいました。

　金庫番の父に自分の腕時計を見せてお金を借りようとして、断られると悪態をついて出て行く客もいました。父が断ったはずです。時計は壊れていたそうですから。ギャンブル好きの本質なんて、案外そんなものかもしれません。

せこいのは客だけではありません。父も、せこいところがありました。酒に酔った観客が勝敗の判定を不服として事務所に空きビンなどを投げつけたのをきっかけに、暴動が起こったことがあります。警官隊が到着して、ほどなく鎮圧されましたが、それ以来、売店では酒を売らないように行政機関から通達され、売店組合でも酒類の販売をしない取り決めがなされました。でも父は、小声で希望する客にはこっそりと飲ませていました。父は、売店組合の組合長です。

落語の『二番煎じ』は笑えますが……店の陰でやかんに入れた日本酒を客の茶碗に注いでいるときの父の顔を見るのは、たまらなく嫌でした。嫌でしたけど、父にいわせれば「酒は料理せんでよかし、かんたんに儲かるとぞ」……母も叔母も、やめなさいよと口ではいっても黙認していました。

その儲けた金のおかげで、私は学校に行ったりおもちゃを買ってもらったりしているわけですから……当時は〈矛盾〉という言葉は知りませんでしたが、なんだかそんなようなことも考えていましたね。

私は学生のときに、初めて十九世紀のロシアの作家であるゴーリキーの『私の大学』という本を読んで共感したことがあります。第三住宅での暮らしも競輪場の売店での出来事も、それらのすべてが〈私の大学〉だったと思えるようになるまでは……第三住宅も競輪場も嫌で嫌で仕方ありませんでしたが、そういう暮らしのなかで、そういう暮らしを忘れていられたのが、テレビを見ているときでした。

映画館で映画を見ているときも現実を忘れられて好きな時間でしたが、子供のころはひとりで行くことはできませんでしたし、親に映画を見る習慣も余裕もありませんでしたから、日常生活のなかで現実を忘れられる手段は、テレビしかありません……風呂敷一枚あれば空を飛べたし、学校に遅れそうなときは「シルバー」と名付けた白馬にまたがれば間に合ったし、運動会の徒競走でドンケツになりそうなときは「時間よとまれ！」と叫びさえすれば一着になれたし、悪い上級生に捕まりそうなときは、「透明人間」になれば逃げられました。

＊

テレビが我が家にきたのは、小学二年生のときです。

親たちがテレビを買うような相談をしていたのは知っていましたが、無理だと思っていました。ビンボーでしたから。

競輪場の売店で、おでんやおにぎりや親子丼を売ったお金で生活していて、しかも月にたった六日間しか仕事がないのに……とてもテレビなんて無理無理無理無理とあきらめていました。ところが、ある日学校から帰ると……部屋の一角が異様に輝いていて、高らかにファンファーレが聞こえたような気がしたら、あたりが急に暗くなって、天上界からスポットライトがあたったところに、テレビ！　テレビ！　テレビ！　テレビがありました。私が犬だったら千切れんばかりに尻尾を振っていたでしょう。テレビ！　テレビ！　テレビ！

それは劇場の緞帳を小さく切ったような布に覆われていて、細い四本の脚しか見えていませんでしたが、まぎれもなく、正真正銘の、夢にまで見たテレビです。そばに立っていた父にもスポットライトがあたっていて、輝いていました。その父が誇らしげに、自慢げに私にほほえんで、小さな緞帳の両端をつまんで、おもむろにめくり上げると、さらに大きなファンファーレが聞こえたあと、そこにあったのは、やっぱりテレビでした。本物でした。父が白い手袋をして……はいませんでしたが、スイッチを右に回すと、ブラウン管の中央が小さくぽっと明るくなって、それがしだいに大きくなって……映りました！……変な模様が。それは番組ではありませんでした。しばらく見ていても、同じ絵柄です。このテレビは贋物だ。やっぱりうちは、ビンボーなんだ。本物は買えないんだ。

「こいはテストパターンたい」
「なんね？　テストパターンて？」
「テレビのテストばするパターンたい」

よくわかりませんでしたが、贋物でも故障でもなく、当時（昭和三十五年頃）のテレビ局は一日中放送はしていなくて、小学生が学校から帰宅するような時間帯は、テレビ受像機の画質を検査して調整するために、幾何学的な模様を映していたのです。他の所は知りませんが、佐世保はそうでした。


「テレビの来たてばい」

「どこにや？」

「海老原さんとこに」

「ウソやろ。あがん高っかもんば買いきっもんや」

「中古やろ」


中古でもテレビはテレビです。第三住宅初のテレビです。噂は野火のごとく、あっという間に拡がり、最初は住宅のなかでも親しいひとが全権を依頼された使者のように、探るように、「見させてほしい」とやってきて……父にも母にも自慢したい気持ちもあったでしょうが、子供の目で見ていても近所づきあいを大切にしている両親だったので……「どうぞどうぞ」と招き入れたが最後、それからは毎日のようにやってきて、さほど親しくないようなひとたちもやってきて、どちらかというと好きじゃないひとたちもやってきましたが……あのひとには見せて、このひとには見せないわけにもいかず、十日ほど経った頃には、住宅中の六十人ほどの老若男女が我が家に押しかけて、当然のごとく六畳一間に入りきれるわけもなく、引き戸を全開にして廊下から覗きこんでいるひとたちもたくさんいて、押すな押すなの大騒ぎ。と書くと、信じられないひとも多いでしょうが……昭和三十五年頃の、その日その時間の放送がプロレス中継で、「力道山が出る！」ことが知れ渡っていたのです。と書くと、信じてくれるひともいるのではないでしょうか。

十四インチの白黒テレビながらも、誰もが気分はリングサイドのような興奮状態。力道山の一挙手一投足、外人レスラーへの空手チョップの連打に拍手するわ大声上げるわレフリーと一緒に畳たたいてカウントとるわの大騒ぎ。

そのうち力道山への声援とはちがった大声が聞こえたから何事かとそちらを見ると、私よりひとつ下の男の子が父親の膝に抱かれて座ったまま、小便をたらしていました。たっぷりと。

共同便所は三十メートルほど廊下を歩いて、十二段ほど階段を降りてさらに十メートルほど歩かなくてはいけませんから……小便よりも力道山を選んだ気持ちはよくわかりますが、いかに汚い六畳一間とはいえ、我が家は便所ではありません。そこでご飯を食べて、布団も敷いて寝るのです。

その日を境に、誰がきても親はテレビ観覧を断りはじめました。いま考えても、親の判断はまちがってなかったと思います。〝プロレス小便事件〟が起きる以前でも、我が家の事情などおかまいなしにやってきて、自分が見たいテレビ番組を見たがるひとたちはいましたし、なかには酒臭いひともいましたし、一度招き入れると、なかなか帰らないひとたちもいて困ったこともありましたので。

〝テレビ観覧拒否宣言〟を発表してしばらくすると、我が家の板壁に「ケチ」とか「バカ」とか「出でいけ」とかの落書きがはじまり、引き戸を棒のようなもので叩いて逃げる輩もいました。石を投げた奴もいます。

子供同士でも、私もしばらくは遊んでもらえず仲間外れでした。たぶん悲しかったとは思いますが、おかげで好きな番組を好きなだけひとりで見ることができるようになったので、嬉しかった記憶も残っております。ザマーミロ、あのときオレはそうだったんだよ。ああ、ひとりで楽しかった。

それにしても、初めは腰も低く媚びるようにお願いしてきたから、満面の笑みでお礼もいってくれていたから、親は気持ちよく「どうぞどうぞ」といっていたのに、あれは善意だったのに……「てめぇらなんなんだよ！　そんなに見たかったらてめぇも買えばいいじゃねぇか！　見せてもらっといてよくそんなことができるな！　忍法手のひら返しかよ！」

……小学二年生のときでしたが、我が家のテレビでは、人間のオモテとウラも見ることができました。

＊

明治三十三年三月二十六日。父が生まれた日です。

明治時代は四十五年まで続きましたから、父は十二歳までは〈明治の空気〉のなかで育ったことになります。父の父である祖父は、海軍主計中佐。もちろん会ったことはありませんが、私が物心ついた頃からずっと、我が家には額に入れられた軍服姿の祖父の写真が飾られていました。大きさはA3ぐらいだったでしょうか、狭い我が家ではよく目立ちました。

学生の頃、帰省してその写真をあらためて見ると、顔立ちは威厳があるなかにも清廉で優しい感じがして、男らしくていい顔しているひとだなぁとの印象を受けましたが、子供の頃はいつも見られているようで嫌でしたし、特に夜の薄明かりのなかで目が合うと恐いくらいでしたね。

祖父の墓は「海軍墓地」にあります。お盆やお彼岸のお墓参りというと、そこで手を合わせるのが我が家の習慣でした。

「戦争が廊下の奥に立ってゐた」（渡辺白泉）という俳句がありますが、日清戦争、日露戦争、日中戦争、太平洋戦争……「戦争」が歴史書のなかではなく、気がつくと「廊下の奥に立ってゐた」と感じるくらい日常的に意識されていた時代から海軍の軍人だった祖父の子にしては、父は……威厳もなく、清廉でもなく、男としては弱い印象でしたが、貧しくて汚い住宅で暮らしてはいても、意外なほど、きれいなところのある父でした。

食卓は一年中炬燵を代用していましたが、父が正座してご飯を食べているときの姿勢、所作、箸の使い方は、きれいでした。正月は必ず着物姿で、年賀状の返礼を書くときは正座して静かに硯をすり、右手で小筆を持ち、左手で葉書きの端を軽く押さえて書いていましたが、なにかとうるさくて汚い住宅暮らしながら、父のその静かなたたずまい、微かに墨の匂いがするなかで、そのきれいな姿勢を見ているのは好きでした。特に、葉書きの端を押さえている左手の甲の上に小筆を持った右手を軽くのせて、背筋を伸ばして筆を走らせていた着物姿は、とてもきれいに見えた記憶があります。毛筆で書かれた文字も、きれいでした。父が書いたものは遺品として手元にありますが、それらの手紙を読み返していると、あの頃の父のきれいな姿が見えてきます。

私は父のことを「とうちゃん」と呼んでいました。高校の二年生頃から、大人びて「オヤジ」と呼ぶようになりますが、それまではずっと「とうちゃん」です。このひとが自分の父親だとはっきりと認識した頃から、とうちゃんは年寄りでした。友だちの父親と見比べても、誰の父親よりも、ダントツに年寄りでした。明治三十三年生まれで、私はとうちゃんが五十五歳のときの子供ですから。

寿命が伸びている現代では、さほど珍しいことではないかもしれませんが、当時は近所にそんな子はいませんでした。小学校の運動会で父兄たちによる徒競走がありましたが、六年間、とうちゃんが走った姿を見たことがありません。いつもテントのなかで、折りたたみの椅子に座っていましたから。運動会での私のスターは、タカシという同級生のとうちゃんでした。白い鉢巻にランニングシャツ、半ズボンに裸足ながらも何人ものとうちゃんたちを置き去りにしてゴールを駆け抜け、タカシのとうちゃんが力強く地面を蹴って走ったあとにはいつまでも土煙が残っていました。私は運動会の日だけは、タカシが羨ましかったのを覚えています。

うちのとうちゃんとは、キャッチボールをしたりボールを蹴りあったりして遊んだ記憶がありません。競輪場で働いている以外は、運動やスポーツをして活発に動いている姿を見たことがありません。競輪のない日はあまり外に出ることはなく、休んでいることが多かったですね。休んでいる、といえば聞こえがいいのですが、早い話がごろごろだらだら寝ていることが多くて、どうしてうちのとうちゃんだけはこんなに元気がなくて、一緒に遊んでもらえないのか腹立たしく思うこともありましたが……いま私は六十二歳。私が小学二年生だった頃のとうちゃんと同い年です。運動会の徒競走で走らず、運動もスポーツもせず、日々活発ではなかった理由が、身に沁みて実感できる今日この頃です。

*

小津安二郎監督の映画に『東京物語』というのがあります。私の母は、あの映画で母親役を演じていた東山千栄子に似ていました。顔が似ていたのではなくて、立ったり座ったり歩いたり、寝たり起きたりしているときの、動きや所作がよく似ていたのです。私は母のことは「かあちゃん」と呼んでいましたが、かあちゃんは普段でも着物姿が多く、あの映画で熱海の堤防から夫とふたりで海を見ている場面の、その後ろ姿の雰囲気が特によく似ていました。あれほど太ってもいず、性格は映画の東山千栄子のように、静かでおっとりとした感じではなくて……強くてはっきりしていて、曲がったこと、卑怯なこと、嘘をつくことが大嫌いな〈まっすぐなひと〉でした。と理解できたのは、いつか母のことを書こうと考えはじめた四十代も後半になってからですが、子供の頃、特に幼稚園から小学校時代のかあちゃんは、怖かったです。

口ごたえをすると「親にむかってなんてことというか！」と口をひねられ、いうことをきかないと「どうして親のいうことがわからんか！」と物差し振り回して追いかけてきましたから。

とにかく、よく叱られていた記憶があります。「そうした負の記憶ばかりが残ってるのは、あんたがペシミスティックで被害妄想だからだよ」という意見もあるでしょうが……私が盗みをしたり、誰かを傷つけたりしたわけではありません。自分でいうのもナンですが、いい子だったと思います。きっぱりと「私は優等生だった」といい切ってしまうことになんのためらいもないくらい、近所のひとたちに会えばかならず挨拶していたし、もう一度自分でいうのもナンですが、見た目もけっこう可愛いくて利発そうだったし、勉強もそこそこできて人気もそこそこあったから、進級のたびに学級委員にも選ばれていたし、第三住宅に住んでいても「掃き溜めに鶴たい」といってくれる大人もいたし……いや、ホントですよ。ウソだと思うなら福岡で税理士をしているたっちゃんや卸売市場にいるタカシに聞いてみてください。

なのに、母はどうしてあんなにも私のことを叱っていたのだろう？　父もいて、母の妹である叔母も第三住宅内の隣の部屋で一緒に住んでいたけれど、父と叔母に叱られた記憶はほとんどないのに。

もし私が、親として大人の基準として、どうしても聞き逃せない、見過せないことをいったりしたりしたら、叔母はともかく、父も一緒になって怒ったのではないだろうか？なのに、父に怒られた記憶はほとんどないのです。母が私を叱っているときの父は「もうよかたい、よかよか」といいながら私をかばったり、母をなだめたりはしていましたが、一緒になって怒られた記憶がないのです。

子供心にも、母は私のことが嫌いなのだろうか、憎いのだろうかと泣きながら思ったことも多々ありました。がしかし、母は私のために戦ってもくれました。

小学一年か二年生くらいのときでしょうか、住宅の近所に、立派な石垣に囲まれた立派な家がありました。きっかけは忘れましたがそこの子供たちと親しくなり、空き地や公園でよく遊んでいて、ある日、その子たちが家に誘ってくれたから訪ねて行ったら、そこの親に、「大黒住宅の子とは遊ばされん」といわれて門前払いをされたことがあります。

それを知った母は、烈火のごとくに怒って、父や叔母が止めるのを振り切って、その家に怒鳴り込みに行ったことがあります。私も付いてくるようにいわれましたが、とてもその勇気はなくて、家で待っていました。かなり長い時間だったような気もしますが……母は戻ってきても怒りおさまらずで、なだめる父に「こがんバカにされて黙っとらるっね！　やすよしだけじゃなかと！　うちたちがバカにされたとよ！　くやしか！　はがいか！　こがんとこにおりとうなか！」と憤怒の形相のまま、涙を流して父に訴えていました。そのとき父が、どういう表情をして、母にどういうことをいったかは、覚えていません。私にとってはいつも強くて恐い存在だった母が、涙なんか見せたことのない母が、泣き虫だった私と同じように泣いているのを不思議に思いながらも、そのとき初めて、少しだけ母に親しみをもったのを覚えています。感謝もしました。

母は辱しめを受けた私の仇を討つために、ひとりで殴り込みに行ってくれたのです。『緋牡丹博徒』のお竜さんほど若くもなくきれいでもありませんでしたが、その心根は、私が知っている誰よりもきれいで、〈正しいひと〉でした。私はそのことに、長い間気づかずにいましたが。

＊

昭和五年、三十一歳、馬山駅助役。昭和六年、三十二歳、三省駅駅長。昭和十年、三十六歳、陽谷駅駅長。昭和十二年、三十八歳、島内駅駅長。昭和十八年、四十四歳、鏡城駅駅長。昭和二十年、四十六歳、清津埠頭局勤労課書記。以上は父の就業履歴とそのときの年齢です。地名は、日本が〈併合〉していた頃の朝鮮半島にあった鉄道の駅名です。

父は早稲田大学を退学し、「ひと旗揚げよう」と決意して、朝鮮に渡ったようです。それからどこでどうして、三十一歳で馬山駅の助役になったかはわかりませんし、勤務していた駅の規模もわかりませんが、遺品のなかにあったこの履歴を見る限りでは、順調に出世していったように思えます。

「父の名の表札」がかかった大人の背丈ほどもある門柱の前で、すでに結婚していた母と、父の上司のようなひとと写っている写真も残されていますから、父も母も、〈外地〉では豊かで幸せな暮らしをしていたのではないだろうかと想像できます。日本が戦争に負けるまでは。

敗戦が決まったときに父が勤務していた場所は、「清津埠頭局」です。地図で「清津」を調べてみると、旧満州国、いまの中華人民共和国との国境に近い場所です。そこから、父と母と、母の妹である叔母は、日本に引揚げてきました……と書くと、たったの二行です。このたった二行のなかにある〈引揚げ〉というわずか三文字に、どれほどの苦難、苦痛、悲惨、凄惨、殺戮、恐怖、絶望、諦観が内包されていたか、当然ながら、昭和二十八年生まれの私に、実感はできません。

実感ができないのもそうですが、私には信じられませんでした。父と母と叔母が、生き地獄のようなところから逃げてきたということが。なんだか、他人の作り話のように聞いていました。聞いていたとはいっても、三人とも、過去のことはほとんど口にしませんでしたから、年に一度か二度、テレビで「終戦記念」の番組や「中国残留孤児」についてのニュースが放映されたあとに、それぞれが苦々しそうに憎々しそうに辛そうに、嘆息とともにもらしていた「ロスケ」とか「人買い」とか「発疹チフス」とか「子捨て」などの……小学生の頃は、そういう言葉が耳に残っていただけです。

そういう言葉はずっと耳に残っていましたが、そういう言葉を口にするときの三人の表情を見ていると、子供が聞いてはいけないような雰囲気でしたので、そういう言葉のひとつひとつは、記憶の引き出しにしまったままにしておきました。

中学生から高校生になるにつれて、社会的なことや日本の歴史にも関心が向き始め、親たちの過去を知りたい気持ちも強くなっていたので、様子をうかがいながら、顔色を見ながら、ずっと耳に残っていても口には出せなかったことを聞いてみたこともあります……「とうちゃんたちは、むかしはどこに住んどったと?」「朝鮮からどがんして逃げてきたとね?」

昔の話になると、ほんとに貝のようになってしまう三人でしたが、ある日のその時は、過去のなかでも幸せだった日々を懐かしむ気分だったのか、そういう話に対する抵抗力が私にもついてきたと判断したのか、少しずつではありましたが、小学生のときよりは話してくれることもありました。

＊

父と母と叔母は〈外地〉に居るときから一緒に暮らしていたようです。叔母は母の八つ下の妹で、いわゆる「出戻り」でしたが実家には戻らずに、姉を頼って身を寄せていたようです。

叔母は母のことを「ねえさん」、父のことを「にいさん」と呼んで慕ってもいるし、頼りにもしている様子でしたが、なんだか〈気持ちの根っこ〉の部分では、反発しているように見えるときがありました。

反発といっても、非常にささいなことが多く、たとえば……叔母がご飯のおかずに出してきた奈良漬けの切り方が「厚すぎる」と母が注意すると、「ねえさんはケチくさか」と言い返すので「ケチくさかてなんね」と母が言い返し、父が「朝子やめろ」と口をはさむと、「なんで八重子の味方すっとね」と三すくみの言い争いとなり、元々は奈良漬けの切り方が原因だったのに、三日前に注意された洗濯物のこと、十日前の競輪場売店での嫌なひとこと、ひと月前、半年前の出来事にまで遡っての大喧嘩になることがよくありました。

「朝子」は母の名で、「八重子」は叔母の名前です。

この三人はいつも、というのが大げさではないくらい言い争っていた記憶があります。「あんたたちがキングギドラだったら意見がまとまんなくて大変だろ！」といまなら三人につっこむところですが……母と叔母と父が三すくみで言い争うたびに小学生の私は、「なかようして。けんかせんで、さんにんなかようして」と頼みながら仲裁していましたが、そのときの喧嘩の原因が奈良漬けであれ洗濯物の干し方であれ、誰が悪いとかではなくて子供心にも三人平等になるように、誰の味方でもないように、公平に仲裁するように自分にいい聞かせ、そのようにしていた記憶があります。

なぜなら、物心がつく頃から私のそばにはいつも三人がいてくれて、はっきりと意識していたわけではありませんが、なんとなく、三人が力を合わせて、私を育ててくれているような自覚がありましたから、ときには罵りあう三人に「やめて」と頼みながら、それでも聞き入れてくれないときには泣きながら仲裁していたのですが……「もうやめろ、やすよしの泣きよったい」「やすよしのかわいそかたい」「もうよか。やすよし、泣かんでよかよ。もう喧嘩せんけん」……と誰かが、そのときどきに誰かが、そのとき一番早く我に帰った誰かが私のことに気づいて、そういうことをいい出すと他のふたりも我に帰って、喧嘩はおさまっていました。

「オレは水戸黄門の印籠か!」といまなら自分につっこむところではありますが……喧嘩している三人に、小学生のときは泣きながらも、中学生のときにはとまどいながらも、高校生のときにはいさめながらも仲裁していましたが、大学生のときにはほったらかして遊びに行っていました。それにしても……この三人は、どうしてこうも三者三様に反発し合っているのだろうと、いつも気にかかってはいましたが。

＊

汚い木造二階建ての「大黒町市営第三住宅」が建て替えられて、輝くばかりの新築コンクリート五階建ての「大黒団地」に引っ越したのは、小学四年生のときです。

中に入るとすぐに三畳ほどの台所があり、いままでは六畳一間だったのにさらに四畳半が一間増えたうえに、輝くばかりの水洗！　トイレ。相変わらず風呂はありませんでしたが、それでもドアは頑丈な鉄製で、畳も新しくて輝いているし、台所もトイレも自分たち家族だけで使えるし、住宅暮らしから比べると、一戸建てではありませんでしたが、黒澤明監督『天国と地獄』のなかで山崎努が扮していた青年が下から見上げていた「権藤邸」のように、別天地の気分でした。

あれは確か、小学五年生のときだったと思いますが、団地の友だち数人と誘い合って銭湯に行ったときに、こんな事件がありました。それは社会的な事件ではありませんが、私にとっては、どんな社会的な事件よりも大きな〈事件〉でした。

あの頃、子供たちの間ではプラモデルが流行っていて、銭湯に行くときはそれぞれ自慢のプラモデルやおもちゃを持って行くのが仲間内の決まりになっていて、もちろん番台のおじいさんには見つからないようにタオルで隠して入り、時間帯も大人たちが少ない夕方ですが、その日のプラモデルで一番人気は私の「大和」でした。全長二十センチくらいの小さな戦艦大和でしたが、その日が進水式でしたので、誰もが触りたがりましたが誰にも触らせないで、ひとりで浴槽に浮かべて自慢していました。

脱衣所で帰り支度をして、背伸びをして身長を測ったり、ふたりで体重計にのって番台から叱られたりしているときに、友だちのひとりであるヒコちゃんが、私に向かっていきなり、「わがのほんとのかあちゃんはオバさんばい」といい出しました。

標準語で丁寧にいうと、「君のほんとうのお母さんは叔母さんですよ」。

あまりに突然のことだったので、私は何をいわれているのかわかりませんでしたが、ヒコちゃんは二回ほどおなじことをいったので、いわれていることは理解できましたが、〈どういうこと〉かは理解できませんでした。

ヒコちゃんとは同い年で、住宅から団地までずっと一緒で、ずっと一緒に遊んでいましたので、仲はいいと思っていましたが……戦艦大和が羨ましかったのでしょう。触らせてもらえなかったのが悔しかったのでしょう。小学五年生のときに、嫉妬心が友情を壊すことを知りました。私にそういうことをいったあとの、ヒコちゃんの勝ち誇ったような卑劣な表情は、いまも思い出すことができます。

それにしても、「私のほんとの母親は叔母さん」などと、どうしていえるのだろう。彼の親たちがそういっているのだろうか。私以外は誰でも知っていることなのだろうか。

銭湯の脱衣所で他の友だちに「やーい！　やーい！」とはやし立てられ、私がヒコちゃんに向かっていって喧嘩になればドラマですが、それも非常に安っぽいドラマですが、私は文句もいわず立ち向かいもせずに、自分だけが異次元にいるような感覚につつまれてひとりで帰ったことを覚えています。

*

叔母のことを私は、「パパチイ」と呼んでいました。なぜだかわかりませんが、ご飯のことを「まんま」と発音できるようになる頃から、叔母のこともそう呼んでいたそうです。その語源が気になって後年調べてみたことがありますが、朝鮮語で「叔母」というときに「パパチイ」に近い発音をするようです。〈外地〉で暮らしていたときの名残でしょうか、私の前では叔母も自分自身のことを「パパチイはね」といっていたし、父も母も私に叔母のことを話すときは、そういっていましたから、私にはそう呼ばせようと三人で決めていたのかもしれません。

小学五年生のときに「わがのほんとのかあちゃんは……」と銭湯でいわれましたが、そんなことを叔母にも母にも父にも確かめることなどできません。そんなことを口に出したら最後、その瞬間に自分が消えてしまうような恐怖感もありましたし、私は何事もなったかのように、いつもと変わらないように振るまいながら三人の間で暮らしていました。神経だけは鋭くして。

その後そういう話は、いっさい私の耳には入ってきませんでしたからこれは推測ですが……銭湯でのいきさつを、そのときに一緒にいた子供から聞いた親の誰かが母に告げ口をし、母が〝石垣の家〟に殴り込みに行ったときのように、「ウソいうな！」と怒ったか、「ホントだけど黙っててほしい」と頼んだか、真相はともかく、ヒコちゃんの家に母が出向いたからではないでしょうか。

その後銭湯にいた友だちとも、以前と変わらないように野球をしたり自転車を乗りまわしたりするようになりましたが、ヒコちゃんとだけは、「こいつは信用できない」と思いながら遊んでいました。

そうした日常のなかでもときどき、私は考えていました……「あの話はホントなのかウソなのか」。

私は小学五年生で十一歳。父は六十六歳。母は五十七歳。パパチイは四十九歳。女のひとが何歳まで子供を産めるかなど、そんなこと知るよしもない年頃でしたが、若い方がいいだろうな、ぐらいの察しはついていました。それでもやっぱり、そんなことをいつまでも考えてはいられないほど小学生の頃は春夏秋冬楽しい毎日でしたね……町内対抗のソフトボール大会のための練習がありましたし、プラモデルは作らなきゃいけないし、自転車には乗らなきゃいけないし、ゴム飛行機は飛ばさなきゃいけないし、オニヤンマは追いかけなきゃいけないし、カブトもクワガタも見つけなきゃいけないし、売店は手伝わなきゃいけないし、宿題もしなきゃいけないし、市営プールでは毎日のように泳いでいたし、海水浴は大好きだったし、テレビを見なきゃいけないし、『スーダラ節』の歌と踊りをまねしなきゃいけないし、貸し本屋で借りてきた『サンデー』と『マガジン』を毎週読まなきゃいけないし、忍法も魔球も覚えなきゃいけないし、ドッジボールはしなきゃいけないし、喧嘩独楽も楽しいし、竹馬も作らなきゃいけないし、釘を差し込んだ2B弾の白煙が黄色に変わる前に野良犬に投げつけて追いかけられなきゃいけないし……でもやっぱり、「あの話はホントなのかウソなのか」。

もしホントだとしたら……どうしてあの三人は、私と一緒にいるんだろう……もしホントだとしたら、父とパパチイと私だけでいいじゃないか……あるいは、パパチイと私だけの母子家庭でもいいじゃないか……実際「第三住宅」の隣には「母子寮」があったし、そこにいてもよかったんじゃないか……どうして父と母とパパチイと私の四人が一緒にいるんだ？　……やっぱりウソなんだな……〝銭湯事件〟以来、三人のことをそれとなく観察していたけれど、いつもと変わらず父は父のように、母は母のように、パパチイは母の妹であり私の叔母のようにしていたから……やっぱりウソなんだ……だいたいそんなことをあの怒りっぽい母が許すわけないだろう……ウソだよウソ……でも……やっぱり……当時はそんな言葉は知りませんでしたが、あれは〈葛藤〉でした。小学五年生頃の話です。

＊

「親でもなければ子でもなか！」

母が大声で私に叫びました。原因は思い出せませんが、私が母の逆鱗に触れるようなことをいったか、したのでしょう。私のことを激しく怒りながら、面と向かってそういわれましたから。

父もパパチイもその場にいましたが、母や私にどういうことをいったか、どういう表情、態度だったかも覚えていません。私は母の大声を聞くやいなや、すぐに家を飛び出しましたから。小学六年生頃の話です。

日は暮れていて、あたりはすでに暗かったのは覚えていますが、季節のことは記憶にありません。暑くもなく、寒くもなかったような気がしますが……家を飛び出て、岸壁に座っていたのは覚えています。通いなれていた競輪場に接している車道を渡ると、そこは港。遠くに浮かんでいる自衛艦の黒いシルエットが見えていました。

「親でもなければ子でもなか！」……母にいわれたことで頭は混乱し、身体中が悲しくて淋しくて……「このまま飛びこもうかな」……と思っていました。

その場所は、いまもあります。遊歩道が整備され、車の通行も多くなっているので、いまだと見通しがよくて不審に思われ誰かに声をかけられるかもしれませんが、当時のそのあたりは、砂利山があったり土管が重ねてあったり木造の廃船が放置してありましたから、それらの陰で夜間に子供がひとりうずくまっていても、見つかる心配はありませんでした。

このまま飛びこめば、死ぬのかなぁ……と思いましたが……自分は泳げるから、どうしようか……とも考えました。暗い海を見つめながら……自分が死んでいなくなったあとのことを考えていました。自分がいなくなれば……気にいってる自転車は誰が乗るんだろう……バットとグローブは誰が使うんだろう……親が戦艦大和をヒコちゃんにあげたら嫌だなぁ……少年ジェットのようなオートバイに乗りたいな……ラッシーのような犬を飼いたいな……長島茂雄のような野球選手になりたいな……『ボーイズライフ』で見たスポーツカーを運転してみたいな……中学生になりたいなぁ……高校生になりたいなぁ……大学生になりたいなぁ……オリンピックがあるという東京に行ってみたいなぁ……私は立ち上がって、家に向かって歩き始めました。団地が近くなったあたりで、探しに出ていたパパチイと出会います。脚本家がこういうドラマを書くときは、この先の展開は二つにひとつでしょう。自分がほんとの母親であることを告白するか、否定するか。

パパチイは、否定しました。まちがいなく「ねえさんが母親」であることを何度も明言しました。私は何も聞けず何もいえず、ただ黙ってうつむいて歩いていました。

ドアを開けたパパチイの「やすよしのおったよ」の声を聞くと父も母も立ち上がって、それぞれが私のことを自分のほうに引き寄せるようにしながら、「あがんいうて、かあちゃんが悪かった」と母が謝ってきました。母に謝られたことなどなかったので少し驚きましたが、もしも私が、父とパパチイの子供であったとしたら、ホントのことをいった母はなにも謝る必要はありませんから、私はまだ混乱していたとは思いますが……やっぱり土管の陰より布団で寝るほうが気持ちいいし、「飛びこまないでよかった」と思いながら、その夜は〈安心して〉静かに寝入ったように記憶しています。

＊

やっぱり私の母は、母にまちがいない。この書き方はおかしな気もしますが、そう確信する事件が起こりました。またも事件ですが、この事件も社会的な事件ではなくて、あくまでも個人的な事件です。犯人は私でした。

中学二年生のときです。学校から帰宅したあと、カバンをおいて遊びに出ました。しばらくして戻ると、父も母もパパチイもいましたが……異様な雰囲気でした。父は困ったような、パパチイはとまどっているような、母は正座したまま怒っているような……いや、明らかに怒っていて、私の腕を引っ張って自分の前に正座させ、語気荒く口火を切りました。「やすよし！　こいはなんね！」。母の膝の上には開けられたままになっている私のカバンがあり、手には……エロ本がにぎられていました。私のエロ本です。クラスメートが貸してくれました。

「クラスメート」なんて書くと、なんだか爽やかな印象があって、貸してくれたのが『若草物語』か『星の王子さま』のようですが、『若草物語』や『星の王子さま』なら怒られません。エロ本は怒られます。母は激しく怒りました。

その激しさに負けて、問い詰められるままに、貸してくれた同級生の名前を白状しました。「山下」です。激しく怒りながら肩のあたりを何度も叩くので、住所も白状しました。「天神町」です。母は「これから行く！」と立ち上がりかけました。またも殴り込みです。緋牡丹のお竜です。殴り込まれると同級生に悪いし、こういうことはすぐに噂になるので、学校での私の立場がありません。行かないように、懇願し、哀願し、嘆願しました。父もパパチイも懸命に母をなだめ、私も懸命に謝りました。母は殴り込みだけは思いとどまってくれましたが、私への怒りはおさまりません。「よそわしか！　こがん本ば見てからに！　かあちゃんはあんたばこがんと見る子に育てた覚えはなかよ！」

母は、「かあちゃんは」「かあちゃんは」「かあちゃんは」と何度もいいながら鬼気迫るような真剣さで、泣きながら私を叱り続けました。謝りながら私も泣いていましたが、どこか冷静な感覚もあり、やっぱり母は、母だと感じました。

〝エロ本家庭内密輸事件〟は明らかに私が悪くて、こういうことを子供がしたら、親は正しい教育的指導の一環として、厳しく叱らなくてはいけません。なのに、父もパパチイも、私を叱るよりも、母をなだめることに必死でした。〈男の気持ち〉がわかるであろう父はともかく、パパチイがほんとうの母親ならば、このエロ本がきっかけになって息子が将来、「大久保清」になるかどうかの瀬戸際なのですから、ほんとうの母親ならば叱るべきです。母のように厳しく真剣に叱るべきです。ですから、自分のほんとうの子供でなければどうしてこんなに真剣に叱ることができようか、いやできない。なにも反語的表現をつかって強調するまでもなく、パパチイに比べてこれほどまでに誠心誠意叱ってくれているひとは、まちがいなく私の母である、と確信しました。自分の子だからこそ、私のことを〈親身〉になって心配しているからこそ、これほどまでに〈まっすぐに叱る〉ことができるのです。

*

「元始、女性は太陽だった」という標語がありますが、我が家の太陽は、母でした。太陽のように明るくてあたたかいという意味ではなくて、〈中心〉という意味においてです。

母の体型は女優の東山千栄子に似ていて、足が丈夫ではなかったので座ったり立ったりがきつそうで、いったん畳に座るとそのまま動かないことが多かったのですが、その座っている姿は、なかなか貫禄がありました。

食事はパパチイが作っていましたが、そのときどきの料理を小皿に分けて、味付けは座っている母に確かめてもらっていました。「ねえさんは若いころから美人で料理でもなんでもできて」……自分は女学生の頃からずっと劣等感をもっていた、とパパチイから聞いたことがあります。そのあたりの優越感からかどうか、母はパパチイだけではなくて、ときには父にも高飛車な物言いをすることがありました。もちろんそういうときは、父が母に頼まれていたことをきちんとしてなかったような場合ですが、あれは私が中学のときだったか……学校から帰ると、六畳の間で父と母が言い争っていました。原因はわかりませんが、父のほうが形勢不利で、図に乗った母が小馬鹿にしたように、「あんたは口ばっかりでだらしない」というようなことを方言でいったように記憶しています。台所仕事をしていたパパチイはその口喧嘩に参戦してはいませんでしたが、それを聞いたとたん六畳に顔出して母に食ってかかるように……「ねえさんなんばいいよっとね！　ねえさんはにいさんに助けられたとやろ！　もう忘れたとね！　引揚げんときににいさんに助けられたけん、いまここにおるとやろ！」

母の表情が、すっと変わりました。叱られた子供のような顔になり、なにかを思い出したように父を見て、頭を下げるようなうなずくような、そういう仕草をして、それっきり黙ってしまったのを覚えています。

後日、三人の機嫌がよさそうなときがあったので、聞いてみました。「とうちゃんがかあちゃんば助けたてどがんことね？」と。父は無口なひとでしたが、そのときは少し誇らしげに話してくれました。

それは……敗戦のときに三人が暮らしていた「清津」から、日本への引揚げ港となっていた「釜山」を目指して逃げていたときの話でした。日頃偉そうにしていた軍人たちは自分たちだけ先に、汽車や車で逃げたそうです。守ってくれるはずの軍人たちに見捨てられた父たち民間人が、それぞれどういう手段で釜山を目指していたか、その詳細は話にならなかったのでわかりませんでしたが、「ねえさんはにいさんに助けられた」というのは、行く先々に死体が転がっているような状況のなかを、徒歩で逃げている途中の話です。

「地獄んなかば歩きよっごたったばい」……ロシア兵や中国人や朝鮮人たちに見つかると、金目の物に限らず「あいたちはなんでんほしがって」、抵抗すると材木や農具で殴られるのはまだいいほうで、相手によっては殺され、女性は強姦され、子供はさらわれるから、「にいさんは日本刀もって」……えっ！　父が日本刀を持って、母やパパチイたちを守ってた？……「うちたちだけじゃなかとよ。いっしょに逃げてたほかのひとたちも守ってやっとらしたとよ」

女たちは髪を切り、顔には泥を塗って男のようにして、昼間は「ロスケやチャンコロや朝鮮人」たちに見つかる危険があるから夜に歩き、チフスなどの病気になったり、疲れきって動けないひとのことは……誰もが自分が生きているだけで精一杯だから兄弟でも子供でも置き去りに……母も途中で動けなくなったようで、病気ではなくて疲労だったのが不幸中の幸いだったようですが、母はそこで、生きる気力が尽きたのか……「自分をここにおいて先に行って」と頼んだそうです。父とパパチイは母の荷物を手分けして持ち、二人で母を励まし、叱り、勇気づけ、父は小柄ながらも、母をおぶるように、抱くように、引きずるようにして……釜山へ、そして日本へ引揚げてきたそうです。

ウソかと思いましたが、『羅生門』とちがって当事者三人が目の前にいますし、それぞれの記憶の引き出しを開けて、それぞれに共通のひとたちの名前や地名や固有名詞を確認し合いながら話してくれましたから、すべて実話にまちがいありません。

父たちは昔の話をするときに、そのときもそうでしたが、ロシア兵のことをロスケ、中国人のことをチャンコロと憎々しげに呼んではいましたが、朝鮮人のことは「朝鮮人」といっていて、蔑称はつかっていませんでした。

後年、朝鮮人を蔑称で書いてあるような本も読むようになったので、そのわけを聞いてみると、駅長時代に雇っていた朝鮮人の青年が、頭がよくて性格もよかったので家族づき合いをして可愛がっていたそうです。そのおかげか、逃げるときにその朝鮮人家族が、日本人を襲っていた朝鮮人たちから助けてくれたそうです。恩を忘れていない親たちでした。

それにしても、父が日本刀とは……徒競走で走ったことのない父が、家にいるときはごろごろだらだらしている父が、威厳もなく、清廉でもなく、弱い年寄りと思っていた父が……妻やその妹である家族だけではなくて、仲間である弱いひとたちのことも日本刀で守りながら、清津から釜山まで歩いて〈三十八度線〉を越えて日本に戻り、佐世保に落ち着き、競輪場売店での売上げのなかから五円、十円、二十円を貯めながら、私を育てていてくれたとは……。

父の遺品のなかに、場所はわかりませんが、朝鮮で鉄道に勤務していた頃の写真があります。官舎の前に記念写真用のひな壇が設置されたのでしょうか、七十人ほどの壮年期の男性ばかりが姿勢正しく写っています。ひとりを除いて全員が学生服のような制服を着て、三人だけが制帽をかぶり、それ以外は「愛汗」と書かれた鉢巻をしめています。最前列の右から三番目に、父がいました。若いです。鉢巻をきりりとしめて、口を固く結び、握り拳を膝に置いている姿は、凛々しくて、熱い意志を感じます……この頃の父に会いたかった。

*

中学生から高校生へと成長していくにつれて、〈外の世界〉のほうが楽しくなり、我が家にいても、気持ちは外にあることが多くなりましたが……それでも意識の隅のほうには「自分はどっちの子供なのか」という疑問が引っかかっていて、気がつくと、そのことを考えていましたね。

母の私に対する気持ちは、誰よりも母的であると、日々の暮らしで私は確信してはいましたが、中学を卒業して恋するセブンティーンの頃になると、女体の神秘についての興味と知識が増えていき、そうなると「自分はどっちの子供なのか」……生物学的に考察するようになります。

私が十七歳のときに、父は七十二歳。母は六十三歳。叔母は五十五歳。父が白髪頭なのは言わずもがなですが、母の髪もかなり白くなっており、どう見ても、父はジィージであり、母はバァーバです。誰が見ても、叔母が母のように見えますから、初めて私たちと会うひとたちは誰もがそう思い、誰からもそういわれました。その頃はクラスメートが貸してくれる奈良林先生やドクトル・チエコ先生の御本を、こっそりと愛読しておりましたので、男女の肉体の秘密や出産および出産適齢期あたりについての知識も豊富でしたから、母が私を四十六歳のときに産んだとは……「信じられんばい」。

叔母が産んだとしても、三十八歳。この年齢での初産はいまでも高いほうでしょうが、私は昭和二十八年生まれですからあの頃の感覚としては……「こいも信じられんばい」。

だとしたら……まさか……「どっちの子でもない」なんてあり得るのか？　そういうことがないこともないだろうけど……これは、第三の選択か……言葉づかいがまちがっているような気もしますが……そういう新たな疑惑が浮かびながらも、高校時代はそんなことばかり考えてはいられないほど春夏秋冬楽しい毎日でしたね……ラジオで深夜放送を聴かなきゃいけないし、ビートルズを聴かなきゃいけないし、ローリングストーンズも聴かなきゃいけないし、同級生と結成したエレキバンドのドラムの練習をしなきゃいけないし、受験勉強しなきゃいけないし、来るべきときに備えて鏡に向かってキスの予行演習をしとかなきゃいけないし、『蛍雪時代』は堂々と買って堂々と読むけど、『ポケットパンチOh！』はこっそり買ってこっそり見なきゃいけないし、親が寝入るときを待ちかまえてテレビの音を出さずに『イレブンPM』を見なきゃいけないし、文化祭で初めて女の子にフォークダンスを申し込まれたから踊らなきゃいけないし、体育祭の応援用の旗や櫓を作らなきゃいけないし、体育祭後のファイアーストームで裸になって走り回らなきゃいけないし、「カズバ」で『イージーライダー』見なきゃいけないし、「ピカデリー」で『明日に向かって撃て！』を見なきゃいけないし、競輪場の売店は手伝わなきゃいけないし、ギターで『禁じられた遊び』の出だしだけでもマスターしなきゃいけないし、海水浴場で米軍の娘たちのビキニ姿を見なきゃいけないし、見たら興奮するし、海パン姿で興奮したら見っともないし歩きづらいし、同級生たちと九十九島の無人島や高島にキャンプに行かなきゃいけないし、烏帽子岳にキャンプに行かなきゃいけないし、バスに乗ってて次の停留所から好きな女の子が乗ってきたらドキドキしなきゃいけないし、正月初売りのときにVANのボタンダウンのシャツを買わなきゃいけないし、毎朝登校前に髪を「バイタリス」で固めてドライヤーで七・三に分けなきゃいけないし、ニキビつぶさなきゃいけないし、両想いとわかった女の子の手をいつにぎるか考えなきゃいけないし……これほどまでに〈外の世界〉は楽しかったので、その勢いで東京の大学に進学してからはますます次から次へと〈新しい世界〉が拡がっていって、拡がるままに大学卒業と同時に結婚して、そのまま東京に居着いて子供が生まれてからは、故郷にいる年寄り三人だけの暮らしが心配ながらも、自分たちの生活だけで精一杯の毎日。子供が生まれたのは私が二十五歳のときですから、父は八十歳。母は七十一歳。叔母は六十三歳。

盆暮れの、年に二回は初孫を見せるためにできるだけ帰省するようにしていましたが、当たり前のことながら、帰省のたびにそれぞれの顔には皺が増え、動きも鈍くなり、実家に帰ってきたというよりは老人ホームに慰問にきたような感覚になるときもありました。そんな三人を見ていると、ここまで育ててもらっただけで充分だから、私がどっちの子であるか、第三の母がいるのかどうかなんて、もうどうでもよくなるときもありましたが……でもやっぱり、事実を知りたい気持ちはずっと残っていましたね。〈その事実〉がわかったのは、私が二十六歳のときです。

*

母から電話があり、「実は、とうちゃんが倒れて入院していたけど、パパチイも転んで入院してしまったから、できれば一日でも二日でも戻ってきてほしい」という内容でした。父の入院が先のようですが、大事には至らないという医者の話を聞いて、女ふたりで相談し、私に心配をかけるといけないので知らせないでおこうと決めていたようです。ところがパパチイも入院という事態になり、母もさすがに困っての電話だったようです。こういう場合は女手のほうが助けになるのでしょうが、子供がまだ一歳になるかならないかのときでしたので、妻には子供のそばに居てもらうことにして、私が行きました。その頃は横浜に住んでいて、コピーライターとして広告制作の仕事をしていましたが、会社勤めではなくてフリーランスでしたので時間はなんとかできましたから。

母は足が丈夫ではありませんでしたので、父とパパチイが入院している二か所の病院を行ったり来たりしながら、二人に必要な物の調達や自分の買い物などの動きがきつかったのでしょう。我が家は団地の三階でしたし、エレーベーターはありません。パパチイも同じ階段を使用する二階の部屋で暮らしていましたので、入院中にほしい私物を頼まれたら、三階と二階を往復しなければなりません。大変です。

ふたりの見舞いも兼ねて、私が母の肩代りをするために帰省してから何日かが過ぎ、その日は横浜に戻る日でした。

父とパパチイへの見舞いをすませ、二階の部屋の戸締りを確認し、母へも挨拶をするために三階に立ち寄ったときです。

「元気にしててよ」などと、たわいない会話をして私が立ち上がりかけると……母があらたまったような、少し緊張しているような、そういう口調で「話がある」といいました。

その表情、その口調から私は、何をいわれるか、わかりました。


「やすよし、あんたは八重子の子よ」

「……」

「わかったね」

「わかった」


母は静かでした。私も静かでした。そのまま静かに階段を降りて、駅に向かうために外へ出ましたが、気配を感じたので歩道から我が家を見上げると、三階の窓から、母が手を振っていました。その手は震えているようでしたが、なんだかぼやけていて……はっきりとは見えませんでした。


「八重子」は母の妹で、私が物心つく頃から一緒に暮らしていて、パパチイという愛称で呼んでいた叔母の名前です。

浄土宗の家に生まれ育った文学者の武田泰淳は、性に目覚める若き頃、僧侶である父と美しくて子供の頃から自慢だった母との性愛の結果として自分が生まれたことを考えると、苦しかったと『滅亡について』という随筆で吐露しています。私は文学者ほど自己を深く内観する力はありませんが、それでも父と叔母の、そういうことを考えると、苦しかったです。

*

父も母も叔母も、すでに三人とも他界しています。私は母から聞いた〈事実〉を、ふたりに確かめてはいません。そうしなかったのは、確かめたときのふたりの反応が、きっと見苦しいだろうと予覚していたからです。見たくない表情を見なきゃいけないだろう、と感じていたからです。

ふたりに確かめなくても、私が物心ついてから母の告白を聞く二十六歳まで、三人の間で暮らしながら感じていたこと、考えていたこと、悩んでいたこと、苦しかったこと、それらの〈すべて〉のことが母のひとことで〈氷解〉しましたから、それでもう充分でした。その九年後に父が亡くなり、父が亡くなった翌年に母が亡くなり、叔母は十三年後に亡くなりました。

故郷を離れて暮らしていた私は、それぞれが亡くなる数年前に、数か月前に、数日前に、それぞれが入院したり、老人ホームに入所しているときに何度も戻っていましたので、呆けながらも余生を過ごしているときの、三人それぞれの表情は目に焼きつき、言葉は耳に残っています。

「人は生きてきたように死んでいく」という言葉がありますが……それぞれの晩年のなかで、母の顔が一番きれいでした。阿修羅のごとくに私を叱っていたひとと、このひとは同じひとなのか……老人ホームのベッドに横たわって私を見ている母は……静かで、穏やかで、清浄で、無垢な童女のような顔をしていました。この書き方は、母のことをことさら美化した形容ではありません。見たまま、感じたままです。老人ホームにいた母を私と一緒に訪ねていた妻も、同じ印象を語っていました。

私に告白したことを母が、退院してからの父と叔母に打ち明けたかどうかは知りませんが、それ以後の、私と向き合ったときの父と叔母の目の動きや表情には、私の視線を避けるような雰囲気がありました。何事にも〈まっすぐな〉母のことです。当て推量ではありますが、打ち明けていたかもしれません。最後まで〈事実〉を私に話せなかった父と叔母の晩年は、その表情があまりきれいではありませんでしたから。

*

いま私は、六十二歳です。母の告白を聞いてから、三十六年が経ちました。妻以外は誰も知らなかった〈事実〉を、いまこうして書いています。父のこと、母のこと、叔母のことを公表するには、この年齢と、三十六年という歳月が必要だったのでしょう。いまなら三人のことを誇張も矮小もなく、気負いも衒いもなく、冷静に客観的に書くことができます。誰かを恨むこともありません。貶めるつもりもありません。父と叔母の晩年の表情があまりきれいではなかった、と書きましたが、それは画家や写真家のような目で、対象と距離を置いて凝視していた結果の感想です。

父と叔母の入院中に母が私に事実を話してくれたのは、私が結婚し、子供も生まれて父親になったので、「もう話してもだいじょうぶ」と判断したからではないだろうか？ その時期を深慮し、その時期まで耐えてくれた母のおかげで、いま私は生きていられる、といっても大げさではないと思っています。

幼稚園だとなにも理解できないでしょうが、小学生の頃に〈ほんとのこと〉を話されていたら、私はたぶん、いま生きてはいないでしょう。中学の頃に話されても、危なかったかもしれません。高校から大学の頃なら、生きてはいたと思いますが、いまとはちがう人生を歩んでいたような気がします。

「母だって、死ぬまで黙っててもよかったんじゃないか」と考えたこともありますが……それは私の望むところではなかったし、母はそういう〈私の気持ち〉を察していたのかもしれないし、なにより母は、嘘のつけない正直なひとでした。いや、私には二十六年間、嘘をついていました。でもその嘘は、私を守るための嘘だったような気がします。

それは父も叔母も同じ気持ちで、私を守るために嘘をついていたような気がします。これはナルシス的自己愛のような着想からではなく、そう考えないことには、私が生まれてからも、なぜ三人がずっと一緒に暮らしていたのか、その謎が解けないのです。「謎」というほどではないかもしれませんが、とにかく、私が生まれてから父が死ぬまでの三十五年間、ずっと三人一緒に暮らしていた理由が、それ以外には考えられないのです。

「妻妾同居」という言葉があります。三十五年間そういう状況であり、しかも「妾」は「妻の妹」であり、私は「妹」の子です。この本を読んでいただいている、数少ない女性の読者におたずねします。あなたがこの場合の「妻」だったら、どうしますか？　あなたが「妹」だったら、どうしますか？

同居できますか、三十五年間も。

江戸城大奥の端と端ならともかく、住宅時代は六畳一間の隣同士、団地時代は三階と二階に住んでいて、仕事も競輪場の売店で一緒です。どうして父と叔母は、私を連れて三人で、母とは別の場所で暮らさなかったのだろうか？　あるいはどうして叔母は、私を連れて、ふたりだけで暮らさなかったのだろうか？　どうして父と叔母と母は、私も一緒に、四人で暮らしていたのだろうか？

確証はありませんが、〈外地〉で暮らしていた頃から母は不妊症だったようです。三姉妹の二番目だった母は、長姉の子供のひとりを養子にしたがったという話を聞いたことがあるぐらいですから、子供を切に望んでいたことにまちがいはないでしょう。母は、たとえ私が夫と妹の間にできた子でも、ほしがったのではないだろうか。それでも、育てたかったのではないだろうか。

ふたりへの〈感情〉がどうだったのか、どういう修羅場があったのか、なかったのか、そういうことはわかりません。修羅場があったとしても、〈引揚げ〉という地獄のなかをさ迷うような逃避行から、助け合って生還してきた三人です。それに比べれば、たいしたことではなかったのかもしれません。いや、それと妻として、姉としての怒りは別かもしれませんが、とにかく三人が〈納得〉していなければ、四人一緒の暮らしはできなかったのではないだろうか。ひょっとして、不妊症の母が、妹に代理母を頼んだか……と考えたこともあるくらい、四人一緒の暮らしぶりは不思議でした。

日々の暮らしのなかで、父と叔母の間に、そういう男と女の匂いを感じることは微塵もありませんでした。私がそういうことにも気づきはじめた年頃には、三人ともすでに年寄りだったせいでもあるでしょうが、母は完璧に私の母であり、叔母はあくまでも叔母でした。父と母も終始一貫して、夫婦でした。

どういうことがあって、私が叔母の胎内に宿ったかは知るよしもありません。どんな思いで、叔母が私を胎内に抱えていたかも推察するしかありませんが……中絶もされずに、私がこの世に生を受けてから父親になるのを見届けるまで、三人で育ててくれたことは、事実です。そのおかげで、いまも私がこうして生きていることは、事実です。

〈外地〉での豊かだった暮らしのすべてを失い、それでもまだ自分たちが若ければ、力も希望もあったでしょうが、日本に無一文で戻ってきたとき父は、四十七歳。母は三十八歳。叔母は三十歳。叔母はまだしも、父と母の力は衰え、希望よりも絶望のほうが大きかったのではないだろうか。それでも三人で生きていくと覚悟を決めて、雨露をしのげる場所を求め、職を探しているその途中、状況はわかりませんが、その途中で私が生まれたのではないだろうか。三人にとって私は〈内地〉での新しい生活の〈希望〉ではなかったろうか。

「自分で自分のことを希望っていうな、バァーカ」と声に出した読者もいるかもしれませんが、三人の生き方を振り返るたびに、私にはそれ以外の〈帰結〉は考えつかないのです。

母は厳しいひとでしたが、叔母は優しいひとでした。私にとって、とても優しいひとでした。母に厳しくされて泣いている幼年の頃から「ねえさんがあがん怒るとは、やっちゃんのことば思とらすけんよ」「親として、ちゃんと育ってほしかて思とらすけんよ」……こういうことをいつも子守唄のようにいいながら、なぐさめてくれました。ときにはオンブをしてくれて、私が泣き止むまで近所を歩いてくれていました。港まで船を見せに行ってくれたこともあります。市場近くにあった小さな魚屋さんの、小さな水槽にいる魚を見るのを私が好きだったので、私を背負ったままかなり急な石段を上り下りしながらも連れて行ってくれたこともあります。そういう優しさは〈負い目〉の代償だったのかもしれませんが、たとえそうであったとしても叔母のそういう優しさに、厳しい母から私が救われていたことは、事実です。

少年時代の私にとって、母はケチなひとでした。銀玉鉄砲やプラモデルや電池で動くおもちゃは元より、縁日のセルロイドのお面ひとつ買ってくれたことはありません。そういうものを買ってくれていたのは、いつも父でした。私には、とても〈甘い〉父でした。「またそがんと買うてやって」とよく母に小言をいわれていたのを覚えています。父の甘さも、負い目の裏返しだったのかもしれませんが、私がその甘さに救われていたのも、事実です。

こういうことがありました。高校の入学祝に腕時計を買ってもらえることになり、父に連れられて時計店に入りました。予算は一万円。おでんやおにぎりを売って暮らしていた我が家にとっては、大金です。目の前に、一万円以内の時計がいくつか並べられましたが、どれも気に入りません。ショーケースのなかにあるのが気になっていました。時計店の主人は商売上手でした。その時計をこれ見よがしに取り出して、腕にはめたりしてくれます。気に入りました。五千円近くも予算オーバーの時計でしたが、父は買ってくれました。

「セイコー5DX」。四十七年前の思い出ですが、この原稿は、その時計をはめて書いています。ベルトは替えましたが、いまも、私の左手で正確に時を刻んでいます。

*

三人のうち誰かひとりでも、私が生まれてくることを望まなかったら……誰かひとりでも育てることを拒んだら……誰かひとりでも私が〈未熟な時期〉に事実を吐露していたら……いまの私は存在していないでしょう。やはり私は、三人に守られて、三人に育てられたのです。母が告白してくれるまでの二十六年間、三人は嘘をついていましたが、その嘘に守られていたからこそ、私は生きてこられたのです。

〈三人の嘘〉は、誰かを陥れるための嘘ではありません。誰かを傷つけるための嘘ではありません。自分だけが得するための嘘ではありません。自分だけの欲を満たすための嘘ではありません。せこくて浅ましくて卑怯な嘘ではありません。

それは、慈愛に満ちた〈正しい嘘〉でした。

自慢できるほどの肩書きも名声もなく、収入も財産もなく、目立つこともなく、声高に叫ぶこともなく、世の中の隅っこで静かに、たったひとりの子供のために懸命に生きてきた父と、母と、叔母は、なんと〈強いひと〉たちだったんだろう。

私はあるときから恩讐を越え、邪推や邪念を捨てて〈平等〉に感謝をするようになりました。会えるものなら、三人の前で〈この思い〉を伝えたい気持ちで胸が一杯になるときがあります。「育ててくれてありがとう」と三人に伝えたい気持ちで一杯になります。生きていてよかったと思います。

自分の小学校、中学校、高校時代を振り返るとき、「第三住宅」や「大黒団地」で暮らしていた日々を思い返すとき、まさか将来、放送作家になることができて、憧れの〈テレビの世界〉で全国の視聴者たちに楽しんでもらえるような仕事ができるとは夢にも、ほんとに夢にも、もひとつ夢にも、と三回いってもまだいいたりないほど、夢にも思ってはいませんでした。そしていま、故郷で子供たちと一緒に『佐世保かっちぇて落語会』を続けています。生きていてよかったと思います。

父は、家族や仲間たちを守るために日本刀を構えていたそうですが、私はせいぜい精神の刃を研ぎ澄まして、守らなければならないひとたちを守りましょう。自分の利益だけしか考えない小賢しい奴、同情しながら弱みにつけこむ卑劣な奴、嫉妬と逆恨みしかできない幼稚な奴、謝りながらも隙をうかがう狡猾な奴、礼をいいながらも裏切る奴……そういう奴らから、私にとって〈大切なもの〉を、私は守ります。父と、母と、もうひとりの母が、私を守り通してくれたように。

第三章

その男たち、共謀につき

この章ではまず、左記に掲載してある「通知書」を読んでいただきたい。こういうものが弁護士から送られてくる人は、この本の読者にはそう多くはいないでしょうから、この際に興味本位でも恐いもの見たさでもいいですから、じっくりと一字一句を読んでいただきたい。通知書にある「内田正泰」は妻の実の父親で貼り絵画家、「海老原ゆかり」は私の妻の名前です。弁護士の名前は伏せてありますが、通知書は本物です。

通知書

平成２５年１１月８日

長崎県佐世保市■■■■

被通知人　海老原ゆかり 様

横浜市■■■■

通知人　内田正泰

横浜市■■■■

■■■■法律事務所

電話０４５■■■■

上記通知人代理人

弁護士　■■■■

冠省　内田正泰氏（以下「通知人」といいます）より委任を受けた代理人として通知いたします。

平成１７年４月１日、通知人は■■銀行の通知人名義の口座から■■銀行軽井沢支店の貴女名義の口座に、金３８００万円を振込み送金しました（以下「本件金員」といいます）。この金員は、以下の経緯に基づいて通知人が貴女に預けたものです。

１　平成１６年秋、通知人と貴女との間で、通知人とその妻が住み慣れた横浜を引き払い、貴女の住む軽井沢の居宅で貴女と貴女の夫と同居する旨の合意をしました。軽井沢の居宅を、通知人夫妻の「終の棲家」とするとともに、画家である通知人の工房として利活用することが目的です。

その際、通知人夫妻が不自由なく安心して生活できるよう貴女と貴女の夫の世話になることや、通知人夫妻にかかる諸経費の支払をその都度精算することは不便であることなどを勘案して、通知人は貴女に本件金員を預けることにしました。なお、本件金員は、居住していた横浜市旭区鶴ヶ峰の土地建物を売却した際の売却代金です。

2　平成１７年４月、通知人は貴女に対して本件金員を送金しました。また上記合意に基づいて、通知人夫妻は、横浜の居宅から貴女と貴女の夫が居住する軽井沢の居宅に転居しました。

3　ところが、移り住んだ当初から、貴女と貴女の夫は、通知人夫妻に安穏な生活を許さず、家の雰囲気は最悪のものでした。また、通知人にとって、軽井沢の居宅は作品制作の場として相応しいものではありませんでした。そのため、通知人夫妻は、平成１７年１０月、軽井沢を後にして横浜へ転居することを余儀なくされました。

以上の次第で、通知人が貴女に預けた本件金員は、預け

た目的を達成することが全く不可能な状況です。そこで、通知人は本書をもって、貴女に対して、本件金員金３８００万円の返還を請求します。本書送達後２週間以内に、通知人代理人の当職預金口座（　　銀行横浜支店、普通預金、弁護士　　預り金【べんごし　　あずかりきん】名義、口座番号　　）にお振り込みください。振込手数料は貴女の負担でお願いします。

なお、返還方法などについてご希望がありましたら当職までご連絡ください。その他協議が必要な場合には、長崎へ伺って協議をする用意がありますので、お知らせください。万が一、本書送達後２週間以内に本件金員の返還が確認できず、ご連絡もいただけない場合には法的手段を講じることになりますので、ご注意ください。今後は代理人の当職が本件につきまして対応しますので、直接通知人やその家族に連絡しないよう申し添えます。よろしくお願いします。

上記のとおり通知いたします。

この郵便物は平成 25 年 11 月 8 日
第 63369 号書留内容証明郵便物として
差し出されたことを証明します。
日本郵便株式会社

郵便認証司

読みました？　読みましたね。どこの家族にもあるような、互いに感情的になるようなことは私たちにもありましたが、長年にわたって助け合い、世話になったり世話したり、非常に仲の良かった身内が、直接会って話し合おうともせずに、電話やメールでの相談も説明もなく、ある日突然、こういう「通知書」を送りつけてきたら、さぁ、あなたはどうしますか？

読んだ人のなかには、「自分は大丈夫」、「こんなこと自分には起こらないから」と信じきっている人もいるでしょうね。信じる者はすくわれる、足元を。人生に油断は禁物です。明日は我が身、昨日の友は今日のホモ。この世の中、何が起こるかわかりません。誰もが感動してマスコミも大いに称賛した〈耳の聞こえない天才音楽家〉にはゴーストライターがいたし、美川憲一が『柳ヶ瀬ブルース』でデビューしたときに、将来女装して歌うと誰が予測できたでしょう。

まじめな校長先生の皮をかぶった色情狂もいれば、あなたの隣には人間の皮をかぶったトカゲがいる、かもしれません。

で、この「通知書」です。で、私は放送作家です。それもコントを中心とした笑いのあるバラエティ番組が得意です。こんなに〈おいしい素材〉を番組にしない手はありません。旧知のプロデューサーやディレクターや放送作家の仲間たちに声をかけて、どんな番組にしたらいいか企画を練ってみようかな。さて、どのテレビ局の、誰とやるか。

＊

「エビさん、これ、番組になりますよ」

「だろう。こういうのって普通ドキュメントにしがちだけど、シリアスはオレきらいだからさ」

「そうですね。オレらがやるからには、こういうのでもバラエティにしたいですよね」

「さすがオオタはわかってんな。そうなんだよ。この通知書にある内容とか登場人物についてはオレしか知らないことだけど……なんかこういうのを、タカビっていうか威圧的に送ってくる連中をコントにしてさ、笑い飛ばしてやりてぇんだよな、特番でいいからさ」

「いや、それは無理ですよ。エビさんがコント好きなのはよく知ってますけど……この通知書でやるんだったら……やっぱクイズでしょ」

「そうですよね、クイズがいいスよ」

「なんだよカトウ、おまえだってコント好きだろ」

「そりゃ好きですけど……こういうのは笑いにしないほうがいいんじゃないですか」

「なんでだよ」

「だってこれ、弁護士からでしょ。弁護士って法律武器にしてくるから、あとあとめんどくさいスよ」

「だからおまえは笑いがわかってねぇってんだよ。相手の武器が法律なら、こっちにゃ洗面器があるじゃねぇか」

「なんスか洗面器って？」

「いいか、笑いってのはな。こういう弁護士とか、利権あさりの議員とかをコントにして、そいつらの権威主義っていうか、上から目線で偉そうにしてる意識っていうか、そういう頭を後から思いっきり洗面器で」

「エビさん、エビさんのお笑い論はこれ終わって、飲みながらゆっくり聞きますから」

「あのう……いいですか」

「なんだよフルカワ、会議のときはもう少し大きな声出せっていってんだろ」

「はい、すいません……実は、ボクの友だちが去年離婚しまして、本人は、話し合いで円満に解決したつもりでいたんですけど、半年ぐらいして、別れたカミさんからいきなり損害賠償の請求をされたんですよ」

「こういうのか？」

「はい。そいつにも弁護士事務所から通知書ってのがきたっていってました」

「そういう話、けっこう聞きますよね」

「あそう。じゃ、特番じゃなくてもレギュラーでいけるんじゃないか」

「いや……なんか、パターンが同じようになるんじゃないですかねぇ」

「オレもそう思います。だからまず、特番でやってみるのがいいんじゃないですか、クイズ形式の」

「そうスね、こういうのでバラエティにするなら、やっぱりクイズがいいスよ」

「クイズねぇ……オレはあんまり得意じゃねぇからなぁ……ヤス、おまえクイズ番組よくやってんだろ、どんなクイズにしたらいいと思う？」

「いろいろありますけど……これだと知識ものより、推理で進めるほうがいいんじゃないですかね」

「推理クイズか……どうやるんだよ？」

「その前にエビさんに聞きたいんですけど……これに書いてあるとおりに奥さんが3800万円を全額払ったのか、半額とか三分の一ぐらいは払ったのか、あるいは一円も払わなかったのか、和解したのか、〈法的手段〉で裁判に訴えられたのか……その結果は、まだ誰も知りませんよね？」

「ああ、オオタにもいってないから、ここで知ってんのはオレ以外には誰もいないよ」

「金額のこともそうですけど……書いてある内容がホントかウソかってことも、エビさんしか知りませんよね？」

「ああ」

「できました！」

「それでいこう！」

「まだ何もいってないじゃないですか」

「早くいえよ」

「はい。いまオレがエビさんに聞いたようなことを、出演者たちが推理しながら当てていくんですよ。この通知書に書いてあることがホントのことかどうか、結果はどうなったか」

「クイズにするなら、ボクもそういうやり方がいいと思いますけど……この通知書は本物で、この弁護士……珍しい名前ですけど、この人も本物の弁護士なんですよね」

「本物だよ。オレは実際会って話したからな」

「だったら……書いてあることは、全部ホントのことなんじゃないですか?」

「バァーカ。おまえそんなんでよく放送作家やってんな。弁護士ったたって仕事がなきゃ生活できねぇんだからよ。自分の収入のために、何でも依頼人のいうとおりに書きますってのも多いんだよ」

「……たとえばこの弁護士がそうだとしても、ここにある内田正泰って人は、ゆかりさんのお父さんですから、エビさんの義理のお父さんでもあるわけですよね」

「わかりきったこというんじゃねぇよ。オレが学生の頃から知ってるから、家族全員と三十年以上もずっと親しくしてたよ。この通知書がくるまではな」

「ですから……そういうお父さんが、弁護士にウソついてまで書かせますかねぇ」

「だよな! しかもこの内田正泰って人は、けっこう有名な貼り絵画家でしょ。そんな人が、弁護士まで使って自分の娘にウソなんかつかないいんじゃないスか」

「でしょう! カトウさんもそう思いますよね」

「誰だってそう思うだろ」

「だから……これはクイズどころか、番組にもならないんじゃないですか」

「だからなるんだよ！　エビさん、これ、おもしろい番組になりますよ」

「ウム……いまの聞いててオレもそう思った。ヤスがいったように推理クイズでいけるんじゃないか」

「いけますね。このままシュミレーションやってみましょうか」

「やってみよう。ヤス、カトウ、フルカワ、それぞれ出演者になったつもりで、いまみたいに続けてみてくれ」

「出演者はもう少しいたほうがいいんじゃないですかね」

「そうか、じゃ、ノナカ、カナモリ、イセキ、シバ、カワノ、お前たちも参加して、オオタは全体見ててくれ」

「ホントのこと知ってんのはエビさんだけですから、ここでの司会はエビさんやってくださいよ」

「いいよ。じゃ司会の立場として、いまここでは、オレからはなにも教えないようにしようか？」

「そうですね。推理のために必要なことがあれば、シュミレーションやりながら決めてけばいいんじゃないですか」

「わかった」

「よし、じゃやるぞ……はい、オープニングテーマがありました。スタジオの引きから、カメラ、司会のアップになりました。エビさん、どうぞ」

「こんばんは。司会の、みものんたです」

「そんな小ネタいいですから」

＊

「通知書」を素材にして、その内容がホントかウソか出演者（解答者）たちが推理しながら進行していく番組を作るために、スタッフ一同でシュミレーションを重ねながら検討した結果、書いてある〈文言〉をクイズの〈問題〉にできることがわかってきた。出演者のつもりで通知書を読みながらスタッフ同士で相談し合ったり、疑問に感じたことを発言したり推理し合ったこと、その一部始終を次に書いてみる。

＊

「通知人である内田正泰が、〈平成十七年四月一日〉に被通知人の海老原ゆかりに、〈金3800万円を振込み送金〉したのはホントだろうな？」

「ホントだろう。そういうのは銀行の記録調べりゃすぐわかることだから」

「金は内田正泰が海老原ゆかりに〈預けたもの〉ってのは、ホントかな？」

「ビミョーだなぁ……振込みはホントにあったとしても……振り込んだほうは預けたつもりで、振り込まれたほうは、もらったつもりってこともあるからなぁ」

「そんなの借用書があれば一発じゃないか。エビさん、奥さんとお父さんの間で借用書はないんですか？」

「ないね。あの頃は誰も……まさかこんなことになるとは思ってもみなかったからな」

「じゃあ……どっちにしろ、内田正泰がなんのために海老原ゆかりに振り込んだかだよな」

「だからそれは次に書いてあるけど……通知人である内田正泰と〈その妻〉が、〈住み慣れた横浜〉を引き払って、当時、エビさんとゆかりさんが住んでた軽井沢で〈同居する〉ためだろ」

「オレ、エビさんに招待されて軽井沢に泊まりに行ったことあるけど、マンションだったから、二世帯で住めるとは思わないけどなぁ」

「〈平成十六年の秋〉かどうかわかりませんが……エビさんがそのマンションから、同じ軽井沢の一戸建てに移ったってことは聞いたことありますよ」

「じゃあ、その一戸建てで〈通知人夫妻〉である内田正泰とその妻が、〈終の棲家〉として一緒に住んで、〈画家である通知人の工房として利活用する〉ために、3800万振り込んだってことか」

「そういうことだよな」

「そういうのって、よくある話じゃないの」

「だよな。息子夫婦とか娘夫婦が住んでるとこに、その両親も一緒に住むってのは普通じゃないの」

「ウム……普通だよ。ウソがあるとは思えないよな」

「でさ、次の文章は……海老原夫妻と一緒に住んだときに、〈通知人夫妻〉である内田夫妻が、〈不自由なく安心して生活できるよう〉、同居したときに必要になるであろう〈諸経費の支払〉を、前もって、まとめて振り込んだって意味だろ」

「だよな。それが3800万だってことで、その金は内田夫妻が〈居住していた横浜市旭区鶴ヶ峰の土地建物〉を売ったときの金ってことだよな」

「ウム……これも普通だよな」

「普通だよ」

「そうかなぁ」

「なにが?」

「いや……ここにさ、〈通知人は貴女に本件金員を預けることにしました〉ってあるだろ。貴女ってのは、自分の娘のことだから……なんで自分たちの土地建物を売った金を、親が娘に預けるんだ? しかも親夫婦が、これからの自分たちの生活に必要な〈かかる諸経費〉としてだろ? 自分たちの金なんだから、親夫婦が自分たちで持ってりゃいいじゃないかよ」

「同居する娘夫婦がビンボーなんじゃないの」

「イセキ！　おまえ娘夫婦って誰だと思ってんだよ」

「ああ！　すいません！　……エビさんすいません」

「悪いけど、オレはこの〈通知人〉より稼いでたよ」

「知ってます知ってます。エビさんの〝ギャラ伝〟切ったことありますから」

「確かにいわれてみれば、おかしな話だよなぁ。これからの生活費といって、親が娘に３８００万も一括して預けるなんてな。普通は生活費預けるにしても、月々いくらってやり方だろ？」

「一年ごとってのもないだろうし、月々だよな、やっぱり」

「娘夫婦はお金に困ってるわけじゃないんだし……軽井沢に住むんだから、親夫婦だけでもいろいろ旅行とか食事とかショッピングとかしたいだろうしな」

「あのへんにはいい温泉も多いし、アウトレットもあるしな。そういうとこで使う金を、親がいちいち子供からもらうってのはめんどくさいよな」

「通知人の内田夫妻って、自分じゃ動けないから介護が必要でさ、金の計算もできないくらいボケてんじゃないの」

「どっちが？」

「両方」

「なわけないだろう。浅間山は姥捨山じゃないんだからよ。そんな夫婦が軽井沢には行かないだろ」

「じゃ、まぁ、親夫婦は二人とも元気だとして……それならなおさら、自分たちの家を売った金は、自分たちで持ってるんじゃないの」

「だよな」

「ちょっと悪いんだけど……通知書の最初のほうに戻っていいかな。いや、さっきからなんとなく気になってたんだけど……この最初のほうに〈通知人とその妻が住み慣れた横浜を引き払い〉ってあるよな」

「ああ、あるな」

「住み慣れてたのに、なんで引き払ったんだ?」

「横浜よりも軽井沢に住みたくなったからじゃないの」

「ま、そうだろうな。その気持ちはわかるけどさ、軽井沢のどこに住むんだ?」

「カワノ、おまえいまごろ何いってんだよ? よく読めよ。〈貴女の住む軽井沢の居宅で貴女と貴女の夫と同居する旨の合意〉って書いてあんだろ」

「〈貴女の住む軽井沢の居宅〉って、誰が買ったんだ?」

「それは……〈貴女〉は専業主婦だから……〈貴女の夫〉である、稼ぎのいいエビさんだろ」

「イセキ、そんなとこで媚びなくてもいいんだよ」

「エビさんには悪いけど……ほんとにエビさんが買ったかどうか、これじゃわかんないだろ」

「そんなの、売買契約書とか登記簿見れば一発じゃないか」

「そうだな。じゃ、いまは仮に、エビさんが買ってたとすると……内田夫妻は横浜から軽井沢の海老原夫妻の家に、言葉は悪いけど、居候みたいに転がり込んだことになるよな」

「どうしてよ？」

「だってさ、この通知書には二世帯同居をするのに、その家の資金については何も書いてないだろ。普通二世帯で住むときって、資金は半々とか、まぁその割合はケースバイケースだろうけど、所有権の名義なんかも、お金出した人の名前をそれぞれ書くじゃないか。安い金じゃないんだからさ」

「そうか……〈通知人夫妻〉と同居する前に〈貴女と貴女の夫〉が住んでたのは、軽井沢のマンションだもんな」

「だからこういう場合、新しく二世帯用の家を買った、あるいは建てた時の金をその分だけ返せ、というならわかるんだけど……〈同居する旨の合意〉をした家の購入資金じゃなくて、〈預けたもの〉っていうのがどうも……なんか変な感じなんだよな」

「確かに……そういう感じはするなぁ」

「それにさ、自分たちの娘に預けた３８００万は〈横浜市旭区鶴ヶ峰の土地建物を売却した際の売却代金〉だろ。内田夫妻には娘以外に子供はいないのかな？　ひとりだけなら、そういう問題はないけど……もし他に子供がいたら、〈住み慣れた〉って書いてあるから実家だと思うけど、実家を〈売却した際の売却代金〉をひとりだけに全額預けられたら、他の兄弟はどう思うかな？」

「エビさん、ゆかりさんに兄弟はいないんですか？」

「いるよ、弟がひとり」

「仲はよかったんですか？」

「よかったよ。嫁さんも一緒にゆかりともオレとも、非常に、っていっていいぐらい仲はよかった。オオタ、いまみたいな出演者からの質問はどうする？」

「そうですね……回数を決めておきましょうか、質問カードみたいの作って。あと……推理の参考になるように、事前に家族構成とか職業とか、多少の情報も与えておいたほうがいいんじゃないですかね」

「それがいいスよ。そういうのがあると視聴者も推理しやすいですから」

*

ここで、企画中の番組に必要と考えられる情報を提供することにしよう。「通知書」に関係している人たちは、すべて実在しているので、通知人と被通知人以外は伏せ字にします。私の名は通知書にはありませんが、こうして事の顛末を公表しているので、いまさらですが実名を記しておきます。

通知書（平成二十五年十一月八日）当時の情報

通知人　　　　　内田正泰・貼り絵画家・九十一歳
通知人の妻　　　内田○○子・主婦・八十六歳
通知人の長男　　内田○・父の作品管理業・五十六歳
長男の妻　　　　内田○○子・保母（パート勤務）五十三歳
以上の四人は、横浜市にて同居

被通知人　　　　海老原ゆかり・主婦・六十歳
　　　　　　　　通知人夫妻の長女
被通知人の夫　　海老原靖芳・放送作家・六十歳
　　　　　　　　通知人の妻とはいとこ同士
被通知人夫妻は、佐世保市在住

＊

「続けてくれ」

「はい。〈平成十七年四月〉に〈通知人は貴女〉に〈本件金員〉、つまり３８００万送金して、〈通知人夫妻〉は横浜から軽井沢に〈転居しました〉って書いてあるけど……大変だよな」

「なにが？」

「引越しさ。〈通知人夫妻〉がどれくらい〈鶴ヶ峰の土地建物〉に住んでたか知らないけど、〈住み慣れた〉って書いてるから、けっこう長いんじゃないかな。そういう家をきれいに片づけて引っ越すのは大変だよ。しかも〈平成十七年〉だから十年前だろ。そのとき通知人は八十三で、その妻は七十八だぜ。そんな老夫婦が家一軒片づけて引っ越すって」

「クロネコでも日通でも頼めばいいじゃないか」

「そりゃそうだけど、いくらクロネコとかに頼んでも……長年自分たちが使ってた大切な物とか思い出の品なんかは自分たちで片づけるだろ？　それに通知人は貼り絵画家だから、自分の作品とか資料とか沢山あったんじゃないかな」

「確かにな。オレたちでも引っ越すの大変なのに、老夫婦二人だけじゃなぁ」

「息子が手伝ったんじゃないの」

「娘のゆかりさんは手伝わなかったのかな？」

「手伝わないだろ。金返せっていわれてるぐらいだから」

「それは軽井沢に転居したあとだろ。〈通知人とその妻〉が家を売った金を預けて、息子夫婦のところよりも、娘夫婦のところに二人で行ったんだから、引越しの準備をしてたときは仲よかったんじゃないの」

「ああ、そうか」

「それに、もらった情報によると……エビさんと〈通知人の妻〉、つまりゆかりさんの母親とは、いとこ同士ってあるから親しさも並の娘婿とはちがうだろ。ね、エビさん」

「人並み以上に仲よかったと思うよ」

「でしょうね」

「オレ知らなかったなぁ、奥さんのお母さんとエビさんがいとこ同士なんて。エビさん、ホントはいくつなんですか?」

「八十五。ちがうよバカヤロウ。その話はあとで飲みながらしてやるから、続けてくれ」

「はい……その引越しってさ、通知書と関係あんのか?」

「それはまだわかんないけど……この通知書って、なんかあっさりしてるっていうか、3800万もの大金の話なのに、よーく読むと、なんかスカスカで軽いっていうか……老夫婦が長年住み慣れた家を売って、息子夫婦のとこじゃなくて、娘夫婦のいる軽井沢に行くってさ……どうなんだろう?」

「なにが?」

「いや、オレはスキーするからさ。あそこのプリンスのスキー場にも行ったことあるけど、軽井沢の冬の寒さはハンパじゃないぜ。なにも八十三と七十八の年寄り夫婦が住み慣れた家売ってまで引っ越さなくても、娘夫婦は定住してんだから、軽井沢には夏だけ滞在するとかすればいいんじゃないの」

「ああ、そうか……年とって将来が不安ならば、息子夫婦を頼ったっていいんだもんな」

「そうしたかったけど、そのとき息子夫婦は軽井沢より遠いとこにいたんじゃないか」

「だったらよけい引越しは手伝えないだろ」

「ああ、そうか」

「だから……通知人夫妻が軽井沢転居のときに、息子夫婦はどこに住んでたのか、通知人夫妻はどれくらい横浜に住み慣れてたのか、引越しの状況はどうだったのか、あんまり関係ないかもしれないけど、なんか……気になんだよな」

「質問カード使おうぜ。エビさん、いまカワノがいってたことってどうなんですか?」

「質問①にお答えします。あの引越しのときも、息子夫婦は横浜に住んでいました。それも鶴ヶ峰の実家の近くです。

質問②にお答えします。通知人夫妻は、あのとき売却した鶴ヶ峰に四十六年間住んでいました。

質問③にお答えします。引越しのときは、娘であり被通知人である海老原ゆかりが一番よく働いたし、荷物の梱包手順からゴミ出しの指示までのすべてを仕切りました。海老原ゆかりがいなかったら引越しはできなかったといっても過言ではないくらいです。ちなみにそのときの様子は、拙著である『軽井沢のボーイ』にも書いたので参照してください」

「さすがエビさん、さりげなく自分の本の宣伝入れますね」

「『佐世保に始まった奇蹟の落語会』ってのもあるぞ」

「ここじゃ関係ないっしょ!」

「エビさん、質問カードは何枚ぐらい使えるようにしましょうか?」

「それはまだいいんじゃないか。最後までやってみてから決めようよ」

「ですね、そうしましょう」

「続けてくれ」

「はい。通知書の2によると……〈平成十七年四月〉に〈通知人夫妻〉は横浜から軽井沢に引っ越したけど……通知書の3にあるように、……〈移り住んだ当初から、貴女と貴女の夫は、通知人夫妻に安穏な生活を許さず、家の雰囲気は最悪のものでした〉って、このところはすごい書き方だよな」

「悪魔の館みたいじゃん」

「引っ越してすぐに〈安穏な生活を許さず〉って、この〈通知人夫妻〉は何されたんだろうな」

「〈貴女と貴女の夫〉に虐待されたんじゃないの。寒い日に水風呂に入れられたり、庭の松の木に縛られたりさ」

「ひでぇことするなぁ、この〈貴女と貴女の夫〉ってのは鬼みてぇな夫婦だな」

「イセキ」

「すいません!」

「笑いながら謝るな」

「エビさんも笑ってんじゃないですか」

「何度読み直してもここは笑うしかねぇよ」

「ですよね！　これはもう推理もクソもないじゃないですか。オレ軽井沢に泊めてもらったときに奥さんのことも知ってるし、エビさんのことはもう、ここにいる誰もがよく知ってますからね」

「悪魔だよな」

「カトウ」

「すいません。イセキじゃないスけど、これはさすがにちがうだろうなぁと思いますよ」

「でもさ……オレらはエビさんのこと知ってるから、ここんとこはウソだろうと思うけど、視聴者は知らないんだからさ。ひどいのはやっぱり娘夫婦で、この通知書はホントのことを書いてあるって思う人もいるんじゃないの」

「相手は高齢の父親で、有名な貼り絵の先生だしな」

「確かに、そういう立派というか、芸術的なことをしてる人がウソつくはずないと思う視聴者は多いよな」

「ましてやこれまた、偉い弁護士先生からの通知書だから、ほとんどの視聴者は、ウソはひとつも書いてないって思うんじゃないの」

「ウム……たいがいの人は、見た目とか肩書きとかで判断するからなぁ」

「世の中だまされやすい人が多いんだよ」

「だます奴も多いけどな」

「オオタ、ここんとこも案外使えるんじゃないか」

「いけますね。いまみたいに意見とか推理が分かれるのが……エビさんの奥さんには悪いんですけど、この通知書のおもしろいとこじゃないですかね」

「そうだな。とにかくこの通知書はヤラセじゃなくて本物だから、これをどう読んで、どう推理しようがそれは視聴者の勝手にまかせよう。続けてくれ」

「はい……おまえこれはどう思う？」

「〈軽井沢の居宅は作品制作の場として相応しいものではありませんでした〉ってとこか？」

「ウム……貼り絵の作品ってのをどうやって作るか知らないけど、〈作品制作の場〉ってアトリエのことだろ。〈軽井沢の居宅〉にはアトリエがなかったのかな？」

「なかった、とは書いてないし、〈相応しいものではありませんでした〉って書いてあるから、あったことはあったけど、自分にとっては相応しいものじゃなかったって解釈したほうがいいんじゃないか」

「なにが相応しくなかったんだろうな？」

「まっ白な壁に血文字が浮き出てきたんじゃないの」

「悪魔の館だもんな」

「イセキ。カトウ。……気持ちはわかる。オレもそういうのは好きだけど、もう少しまじめにやってくれ」

「はい」

「すいません」

「〈通知人夫妻は、平成十七年十月、軽井沢を後にして横浜へ転居することを余儀なくされました〉……ウム、どうよ?」

「ウン……〈平成十七年十月〉にねぇ……」

「〈通知人夫妻〉は〈平成十七年四月〉に、横浜から軽井沢に転居したんだろ。それも五十年近くも〈住み慣れた〉土地を離れて、家も売ってさ。夫は八十三、妻は七十八のときにだぜ。やっぱ大変なことだよ。そんな大変なことしてまで軽井沢に引っ越したのに、たった半年で、また〈横浜に転居〉するかね」

「たった半年の間に、軽井沢で〈貴女と貴女の夫〉にどんだけひどいことされれば〈横浜に転居〉するんだ? しかも、〈通知人夫妻〉一緒にだぜ」

「そうだよな。さすがに松の木に縛られたなんてことはないだろうけど……軽井沢だからモミの木に」

「カトウ」

「すいません」

「この通知書だけ読んだら、エビさんたちのこと知らない人は、やっぱり親夫婦はなんかひどいことされたんだろうって思いますよね。娘夫婦に虐待され、じゃなくて……いじめられ、じゃなくて……いやがらせ、じゃなくて……」

「カワノ、オレに遠慮するな。視聴者だったらテレビの前でもっとひどい推理するのもいるだろう」

「はい……だからさ、仮に、娘夫婦のせいで軽井沢に居たくないことがあったとしても……夫婦一緒に〈通知人夫妻は横浜へ転居〉ってのが……どうも解せないんだよな。なにかでもめたとしても、どっちか片方だけならまだわかるんだけど……なんか……やっぱり、軽々しく書いてあるっていうか単純というか……そんな気がすんだけどなぁ」

「そうねぇ……たいがい夫がもめたら妻がとめる、妻がもめたら夫がとめるのが普通だよな。特にこの場合は、思春期の娘の外泊を認めるかどうかでもめるようなレベルじゃないもんな。家売って、大変な引越しして、たった半年でまた引っ越すって話だもんな」

「自分たちの五十年近い歴史を捨ててまで引っ越そうって決めたんだから、二人でかなり慎重な準備をしただろうし、次に住む場所のことも納得いくまで検討しただろうし、同居する相手のことも信頼して頼りにしたからだろうし……とにかく、一緒に暮らすのになんの問題もないってわかってたから、夫婦で軽井沢まで行ったんだろ？」

「だよな。ここには〈通知人夫妻の「終の棲家」とするとともに〉って書いてあるもんな」

「〈終の棲家〉だぜ。もうこれで、最後ってことだろ。老夫婦が自分たちの行く末を二人でよくよく考えて、しっかり準備もして、覚悟を決めて引っ越したんだぜ」

「なのにたった半年で、夫婦揃って横浜に舞いもどりか……横浜のどこに転居したんだろうな？　住む家ないんじゃないか？」

「さっきエビさんが、横浜に息子夫婦が住んでるって答えてくれたから、そこじゃないか」

「もしそうなら……最初から横浜で息子夫婦と同居して、娘夫婦の軽井沢には好きなときに行ったり来たりして、別荘みたいに利用させてもらえばいいんじゃないか」

「だよな。エビさん情報だと、引っ越すときは手伝ったりして非常に仲よかったんだからな。仲よかったからこそ、軽井沢で一緒に住もうと決心したんだろうし」

「だからさ、オレがさっきいったみたいに、親夫婦が最初から息子夫婦と同居すれば、なにも〈住み慣れた〉横浜を離れなくてもいいし、老後は安心だし、軽井沢には別荘使いできる娘夫婦が住んでるし、〈通知人夫妻〉にとってはいいことずくめで、こんなに幸せな状況はないんじゃないの」

「ウム……そういうのを理想に思う視聴者は多いだろうな」

「普通の視聴者にとってはうらやましい環境だろうよ。ちょっと考えただけでもこれだけ推理できるんだけど……そのわりには、この通知書の内容がやっぱり、なんかスカスカで軽いっていうか……通知人の内田正泰だけが、なんか、全面に出すぎてるような気がすんだよなぁ」

「たとえば？」

「たとえばさ……最初からずっと〈通知人夫妻〉って書いてあるよな。これ読むかぎりだと、通知人である内田正泰の〈その妻〉は、五十年近く住んでた横浜から軽井沢に引っ越すときも、たった半年で軽井沢から横浜にもどるときも、娘に預けた金を返せというときも、いつもすべて夫と同じ考えで、同じ行動をとってるとしか思えないんだけど」

「それは夫に従順だから、夫のいうことすることには逆らわないで、何でもいうこと聞く人だからじゃないの」

「まぁそういう人もいるだろうけど……だったらどうして、通知人として夫と連名にしなかったんだ？　被通知人の娘にとっては、父親だけじゃなくて、母親の名前も一緒に書いてあったほうが痛いというか、こたえるというか、預けた金を返してほしい〈通知人夫妻〉にとっては、そのほうがより効果的だろ」

「そりゃそうだけど……母親として、娘にそこまでしたくなかったんじゃないの」

「だったらそこは、〈通知人〉である夫と考えがちがうじゃないか。娘のことを思いやって連名が嫌なら、〈通知人夫妻〉って書かれるのも嫌だったかもしれないし」

「だからそれは……夫がすることには逆らわない人だからだろ」

「だったら夫は、逆らわない妻にも名前書かせて、一緒に通知人にすりゃいいじゃないか。何度も悪いけど、通知書を受け取る娘にとっては、片親の名前だけよりも、やっぱり両親揃って名前のあるほうがこたえるだろうし、通知人が返してほしい金が手に入る確率も高くなるんじゃないの」

「ウム……そりゃそうだな。うちのカミさんはオレに逆らってばかりだけど、３８００万も手に入るんだったらオレのいうとおりにいくらでも名前書くだろうな」

「うちのもそうだよ」

「それにさ、夫婦で五十年近く住んでた〈土地建物を売却した際の売却代金〉を娘に一括して預けることに、〈その妻〉は簡単に合意したのかな？　法律的にいっても半分は〈その妻〉のもんだぜ」

「ウム……うちのカミサンだったら、一万円でも半分くれっていうな」

「うちは三千円でもいうよ」

「まぁま、そのへんは夫婦の問題だとしても……これはどうよ。最後のページに、〈以上の次第で、通知人が貴女に預けた本件金員は、預けた目的を達成することが全く不可能な状況です〉ってあるけどさ、〈以上の次第〉っていつのことよ？」

「そりゃ、〈軽井沢を後にして横浜へ転居することを余儀なくされた〉ときだから、〈平成十七年十月〉だろ」

「通知人の内田正泰は、被通知人の海老原ゆかりに、この通知書をいつ出したのよ？」

「〈平成二十五年十一月八日〉……おいおい、八年後かよ！」

「八年後だぜ。〈雰囲気は最悪〉で、転居することを〈余儀なく〉されて、〈預けたもの〉があるなら、そのときすぐに、返せ！　っていえばいいじゃないかよ」

「しかも大金だし……誰だってすぐ返せっていうぜ」

「だよな。相手が返さないっていうなら、そんときこそすぐに弁護士に頼めばいいじゃないか。なんで八年もたって……〈返還を請求します〉なんていうのかな？　しかも、弁護士に頼んでまで」

「そこだよな。自分の娘だし、〈預けたもの〉だったら電話するなり会うなりして、自分で返せっていえばいいじゃないか。それもすぐにだけどな。なんで八年もたってんだろう?」

「それはよくわかんないけど……八年前のことなのに、目的を達成することが全く不可能な状況〈でした〉、じゃなくて〈です〉って現在形の文章になってるし……エビさん、この通知書ホントに本物ですか?」

「ホントに本物だよ」

「だとしたら、恐いよな」

「なにが?」

「なにがって……〈本書送達後2週間以内〉に3800万を〈お振り込みください〉だぜ。礼儀正しいヤクザみたいないい方だけど、本物の弁護士からの本物の通知書なんだから、普通の人だったら動転して卒倒して座り小便」

「カトウ。オレも落語は好きだけど、ここはがまんしてくれ」

「すいません」

「いやぁ、こういうのきたらホント恐いと思うよ。しかも……〈2週間以内〉だぜ。2週間以内に、〈本件金員の〉3800万も振り込めだぜ。ご丁寧に弁護士の口座番号まで書いてあってよ、〈返還が確認できず、ご連絡もいただけない場合には法的手段を講じることになります〉だぜ」

「〈法的手段〉の四文字は恐いよなぁ」

「恐いよ。〈整形美人〉の四文字より恐いよ」

「イセキ」

「これ通知書というより、脅迫状みたいだな」

「脅迫状にしちゃ、せこいんじゃないか。〈振込手数料は貴女の負担でお願いします〉なんてよ」

「あとさ、これはどういう意味だろうな……〈直接通知人やその家族に連絡しないよう〉ってさ」

「連絡したら〈法的手段〉を講じるってことだろ」

「だからさ、こんなことを、なんで最後に入れる必要があるんだ？　通知人と被通知人は親子なんだし、さっきもいったけど、親が子供に〈預けたもの〉を返してほしかったら、直接連絡して話し合えばいいじゃないか」

「だよな。それにこの書き方ってさ、被通知人の海老原ゆかりから直接連絡がこないように、通知人の内田正泰が弁護士に頼んで……なんか、釘刺してもらってるみたいだよな」

「〈今後は代理人の当職が本件につきまして対応しますので、直接通知人やその家族に連絡しないよう申し添えます〉……ウム……確かに、直接連絡されるのを避けたいというか、嫌がってるというか……そんな感じはするよなぁ」

「エビさんの奥さんは暴力団じゃないんだからさ。親子同士で直接連絡し合ったほうが話しは早いし、弁護士費用もかからないだろうにな」

「それにさ、〈直接通知人に〉っていうならまだしも、〈直接通知人やその家族に〉ってのはどういう意味なんだ？〈その家族〉も連絡されるのが嫌なのか？　嫌だとしたら、なんで嫌なんだ？　連絡されたらまずいことでもあんのか？」

「エビさん情報によると……通知人夫妻は軽井沢から引っ越したあとは、息子夫婦と同居してるわけだから〈その家族〉ってのは、息子夫婦のことだよな」

「だろうな」

「息子夫婦は知らないいんじゃないか？」

「なにを？」

「自分の姉さんに、父親がこんな通知書出したことを」

「あそうか！　エビさんが、自分もふくめてゆかりと弟夫婦は非常に仲がよかったっていってたから……父親としては、弁護士まで頼んで金返せっていってることを知られたくないんだな」

「なんで息子夫婦に知られたくないんだよ？」

「それはつまり……海老原夫妻と同様に、息子夫婦もホントのことを知ってるからじゃないの。〈通知人夫妻〉が長年〈住み慣れた横浜〉から軽井沢に〈転居〉したときの状況とか、たった半年で〈軽井沢を後にして横浜に転居を余儀なくされた〉その事情とかさ。あと、〈通知人〉の父親が〈被通知人〉の姉さんに３８００万を〈預けた〉理由もね」

「ウム……そうかもしんないけど、だとしたら……通知人の妻である母親はどうなんだ？母親も、息子に通知書のことを隠してたのかな？」

「そうだと思うけど……そうじゃないような気もするし……」

「どうなんだろうね……」

「いろいろ推理していくと……まぁ、おれはエビさん夫婦のことよく知ってるからかもしれないけど……どうも、筋が通ってないというか、辻褄があってないような気もするけど……それでもまぁ、家族のほんとうのことは、その家族にしかわからないしなぁ……」

「そりゃまぁそうだけど……この通知書って読めば読むほど、なんか、モヤモヤして……変な感じなんだよなぁ」

「モヤモヤさまぁーず」

「イセキ」

「エビさん。シミュレーションはだいたいこんな感じじゃないですかね」

「そうだな。フルカワ、どうだ？　おまえの答えは出たか？」

「いえ……最初は」

「会議のときは大きな声出せっていってんだろ」

「すいません……最初は、簡単に結果がわかるような気がしたんですけど、考えれば考えるほど、よくわかんないですねぇ」

「カトウは？」

「そうスねぇ……この文章は変だとか、ここはウソっぽいなぁとか思うところもありますけど……有名な貼り絵画家で、ゆかりさんのお父さんですからね……テレビで見たことありますけど、高齢のわりにはすごくしっかりされてたから、記憶も確かでしょうし……まさか、弁護士を頼んでまでウソつくとは思えませんしねぇ……オレもよくわかんないスよ」

「オオタは？」

「教えてください」

「よし、教えてやろう。通知書は妻である「海老原ゆかり」宛だったけど、あの内容については、オレもすべてのことを知ってるから、本来なら通知人の内田正泰に直接連絡して、どうしてこんなことしたんですか？　と問いただしてもよかったんだけど、オレだって〈法的手段〉を講じられるのは嫌だからな。〈今後は代理人の当職が本件につきましては対応します〉と書いてる弁護士に〈事実〉を手紙にして送ったんだよ。その手紙のコピーを配るから読んでみてくれ。例によって、通知人の内田正泰と被通知人の海老原ゆかりと、オレの名前以外は伏せ字にしてあるけど、書いてあることは弁護士に送った内容と当然同じであり、一字一句たりとも変えてはいない。こういうことは早いほうがいいと思って急いで書いたから推敲はしてないので、文章的に変なところはあるかもしれないけど、当時の状況は、ありのままに書いてある。オレだって、弁護士にウソは書けないからな」

前略■■■■さま

突然お手紙を差し出す失礼を、お許しください。

私は『海老原靖芳』と申しまして、私の妻宛てに、そちらから届けられた通知書を拝受し、妻とともに拝読いたしました。

たとえ通知書と言えども、私は、「手紙をもらいっぱなしで返事を出さないのは礼儀に反する」という躾を受けて育った人間ですので、いただいた方に、こうして返事を書いている次第です。

通知書の宛名は妻の『ゆかり』になっておりますが、私と妻と、私にとっては義父にあたる内田正泰と義母にあたる■■子、およびゆかりの弟である内田■は、世間によくある、ただの義父と娘婿等の縁戚関係ではなく、ともに生まれたときからの肉親のような存在であり、事が、内田正泰のこととなると、私の存在なくしては、何事も話は進みませんし、ましてや、内田家とのつきあいが浅い人にとっては、真実……は大袈裟かもしれませんが、義父の話だけを鵜呑みにされていては「事実」を見間違われるかもしれません。

■■さんがそのような弁護士でないことを願うばかりでありますが……たとえ生活のためとはいえ、仮にも「真実を求めて正義を守る弁護士」を職業にしている以上、職業倫理の見地からも「事実」の見間違いは絶対にあってはいけないことでしょう?

詳細はお会いして「協議」(こういう言葉は好きではありませんが)する時にお話しいたしますが……そちらから一方的に期限を切り、嘘ばかりが羅列してあるにも関わらず、堂々と、まるで脅しのような通知内容になっているのを見過すわけにもいかず、私もどちらかというと「真実を求めて正義を守れる人間でありたい」と日頃から思っておりますので、お会いする前に、取り急ぎ「多少のさわり」だけでも、箇条書にて、わかりやすく書かせていただきます。

私は現在60歳で、生き馬の目を抜く騙し騙されの芸能界で35年近く飯を食ってきた放送作家であり、多数の「いわゆる」有名人と仕事をしてきていますし、そういう連中の虚も、実も、間近に見聞し、そういう人たちの言動は身に沁みて体感してきております。

たとえ歌がうまくても、演技ができても、人間的には欠陥の多い人たちと身近に接してきた私ですが、放送作家という職業は裏方の作業で、ほとんどの人は知らないでしょうが……人に話しをする時には、「自分の素性を明かさないのは失礼だから、ちゃんと名乗るように」という躾も受けて育ちましたので、私の素性につきましては、たいした素性ではありませんが、名刺代わりにプロフィールを同封いたしましたので、ご参照いただければ幸いです。

古今東西、人間という種は、御し難い生き物であり、単純ながらも複雑であり、矛盾に満ちており、我欲のためなら平気で嘘もつき、詭弁も弄しますし、自己正当化や自己弁護が得意な生き物である。と承知はしておりますが……身内で実感させられると……哀しいものです。「家族」の恥を他人に明かしたくはありませんが、弁護士介入となると、そうもいかないですからね。

・さて、これからが「多少さわり」の箇条書です。

まず、■■さんは内田正泰の妻である■■子さんと私が、「いとこ」同士であることはご存知でしょうか？ 私は恥かきっ子であり、私の母は長い間、子供に恵まれず、子供好きの母（次女）が、姉（長女）の三姉妹の末っ子である■■子さんを養女に欲しい、とまで願ったことはお聞きでしょうか？ 私は、母のかなりの高齢出産で生まれた子なので、妻のゆかりと年は同じですが、私はゆかりの叔父さんになります。そういう二人が結婚したのです。結婚して37年になります。私が佐世保から大学へ進学のために上京して、初めて横浜の内田家の人々と会ったのは、19の歳です。それから、それぞれの人々と、それぞれに楽しい事があり、それぞれの本心がわかるまでは……良き時間も、ありました。

・おじいさん（習慣で正泰氏のことはこう書かせていただきます）とおばあさん（同様です）が、通知書には、私と妻が暮らしていた軽井沢に「通知人とその妻が（中略）貴女と貴女の夫と同居する旨の合意」とありますが、いきなり出だしの記述から嘘であり、驚きました。これは私たちもよく見聞しておりますが、またぞろおじいさんの虚言癖がなせる業か、それとも高齢のあまり……かと、心配すらいたしました。「平成16年の秋」に「通知人とその妻は」、それぞれまったく別々の場所で暮らしており、軽井沢にはそれぞれ別々の時期にやって来て、それぞれ別々に私たちと同居するようになったことはお聞きでしょうか？

・鶴ヶ峰の家で暮らしていたときから、長い間夫婦仲が悪く、おばあさんはおじいさんひと筋でしたが……おじいさんはおばあさんを嫌っており、というか恐れており（その後ろめたい理由もいろいろ知ってはいます）、おじいさんがおばあさんに嘘（後日お話します）をついて、おばあさんを鶴ヶ峰の家から追い出していたことはご存知ですか？

・その時、おじいさんが自分ではおばあさんに「出て行ってほしい」と言う事ができず、ゆかりと私に頼み、おばあさん以外の家族で相談して長男の■ちゃん（この呼び方も習慣です）に「金は出すからおばあさんと一緒には住みたくない」と言ったことはご存知ですか？

・ところが、その後、長男である■ちゃんと嫁である■■子さん、特に■■子さんが（入院したりして）、おばあさんとうまくいかなくなり、■ちゃんと実の母であるおばあさんまでが、包丁を手にした台所で、たかが魚のことで言い争いになって、おばあさんが「殺すなら殺しなさいよ」と叫んで、■ちゃんと危険な状態になったことはご存知ですか？

・その挙げ句、おばあさんは長男夫婦の家を出て、福島のお姉さんの所へ、ひとりで身を寄せたことはご存知ですか？

・そうなっても、おじいさんも長男夫婦も我関せずで、おばあさんの滞在が長期となり、さすがに福島の親戚たちも面倒見切れず、福島の老人ホームにおばあさんを入れざるを得なかったことはご存知ですか？

・その福島の老人ホーム在所中に、おばあさんが脳梗塞で倒れ、それ以来、口が不自由、記憶が曖昧になったことはご存知ですか？

・時系列は多少前後しますが、鶴ヶ峰で、おばあさんを追い出して、念願のひとり暮らしをしているおじいさんの身勝手な暮らしぶりを見かねた、長年の隣人である『■■』さんのご主人から、そのあまりの身勝手ぶりに怒鳴り込まれて、その殴られんばかりの抗議に、男として恥ずかしい失態をするほど震えあがり、それ以来、「鶴ヶ峰には住みたくない。おばあさんも息子も嫌だし、軽井沢で一緒に住みたい」と私たちに懇願してきたことはお聞きですか?

・当時、私たちが住んでいた軽井沢の住まいに、私たちは何の問題もなく、ローンも返済していましたし、非常に快適に暮らしておりました。そのあたりのことは拙著である『軽井沢のボーイ』をお読みになれば理解していただけると思います。まさか、こんなことになろうとは思わず、私はただ、ボーイという名の犬との思い出を綴っただけですが……随筆ですので、当然、出版社のチェックを受けていますし、小説のように嘘は書いておりません。日記風にしておじいさんのことを記した箇所もありますので、お読みいただければ「事実」を知る参考になるかもしれません。

・おばあさんを追い出し、長男夫婦よりも私たちを頼り、自分だけが軽井沢で一緒に暮らしたいと言うおじいさんでしたが、手持ちの資金と、鶴ヶ峰の家屋を売却しても、買える物件がなかったことはお聞きですか?

・私たちと互いに行き来できる距離にあって、おじいさんの資金で買える物件を提案し、ともに探したことはお聞きでしょうか?

・そうしたなかで、おじいさんが非常に気に入る物件が見つかりました。築20年、夏しか使えず大規模なリフォームをしなければ通年暮らすことはとても無理な物件でした。金額は¥5200万。おじいさんは、どうしても欲しいと言い張りました。このときの、おじいさんの希望をなんとか叶えてあげたいと願った娘・ゆかりや、父とも想っていた私の気持ちを書くと……自分たちばかりがいい子になっているようで嫌だから書きませんが……その時、鶴ヶ峰は売却できておらず、おじいさんに手持ち資金もありませんでしたが……鶴ヶ峰の家がほんとに売れるかどうかわからない状況ながら、「そんなに欲しいなら」と、私が八十二銀行から¥4500万を借り入れて、さらに、足りない金額を私たちが足して、購入したことはお聞きですか?(その時の銀行借用時と売主への支払い領収書あり)

・先に書いたことと重複いたしますが、通知書には「通知人と貴女との間で、通知人とその妻が住みなれた横浜を引き払い、貴女の住む軽井沢で貴女と貴女の夫と同居」云々とありますが……その頃、通知人の「その妻」が福島の老人ホームで、夫に無視されて、ひとり暮らしをしていたことはご存知ですか?

・そのおばあさんを私たちが見舞ううちに、おばあさんが「軽井沢で、わたしも、おじいさんと一緒に暮らしたい」と良く回らない口で、必至にゆかりと私に訴えた事実はお聞きですか?

・それを受けて私たちは、いろいろあったけど、やっとおばあさんとおじいさんが一緒に、軽井沢で過ごせるなら、と、おじいさんひとりを迎えた時と同じように、またそのためにまたリフォームの準備をしたことはお聞きですか?

・その準備とは、おじいさんとおばあさんのための部屋のリフォームです。当初、おじいさんだけを迎えるためにも、その職種を配慮してリフォームをしました。それらの見積書も手元にあり、すべて私が支払いしました。工務店からは「家一軒建ちますよ」と言われましたが、その後も、おじいさんの要求により、私たちが費用を出して、庭に制作用のミニログハウスを追加注文したりした（その見積書もあります）ことはお聞きですか?

・そうした準備をしながらも、福島の親戚の要望もあり、おばあさんを福島の老人ホームから横浜の老人ホームへ移すことになりました。その時は、私たちと■ちゃん夫婦が協力しあって可能になりましたが、その時にもおじいさんは我関せずでしたけど……。

・その後、おばあさんが不自由な口ながら、「自分も軽井沢でおじいさんと一緒に暮らしたい」と言い出し、私たちも喜んで承知し、軽井沢に引き取る手続きなどを整えても、おじいさんは、おばあさんと一緒に住むことを非常に嫌がって、というか脅えて、私たちに相談もなく、勝手にひとりでおばあさんから逃げて横浜に戻ってしまったことはお聞きですか？

・その後、結局、おばあさんだけが軽井沢で私たちと暮らしていましたが……おばあさんはおじいさんひと筋でしたし、冬の軽井沢は高齢者には寒すぎましたし、満足な医療施設もありませんし、その後おじいさんを追って横浜に行きました。

・通知書には、1「平成16年秋」、「通知人とその妻が住みなれた横浜を引き払い」、「その際、通知人夫妻が」等々ありますが、その時期、通知人夫妻がどこで、どうしていたか、■ちゃんたち長男夫婦に聞けばすぐにわかることですし、役所の転出・転入記録を調べれば一目瞭然でしょう。なお、上記のすべての記述について、現在通知人夫婦と同居している長男夫婦は承知しています。■ちゃんに■■子さん（私たちの娘が通う幼稚園の先生でした）を紹介したのは、ゆかりですし、私たちは仲人であり、私は■ちゃんが中学生の頃から知っております。

おじいさんも、おばあさんも、勝手に出て行ったにも関わらず、■ちゃんたちと相談し、最終的に内田家の人々が横浜のひとつ屋根の下で同居できるように協力もしましたから。

・そのために、ゆかりがおじいさんから委託されていた『はり絵』に関する権利等を自主的に、すべて■ちゃんに譲ったことはお聞きでしょうか？　現在その『はり絵』でおじいさんも■ちゃんも商売ができるのは、私とゆかりが、当時おじいさんが契約していたプロモーター（■■■■代理店・■■■企画）の弁護士から届いた脅しのような『通知書』を知り、おじいさんもおばあさんも（その時■ちゃん夫婦は、おじいさんに嫌われていたので蚊帳の外でした）相手の言いなりになるしかないとあきらめていましたが、「こんなことはおかしい」と感じた私が頼んだ弁護士と、彼らと戦うことを決めて……その結果『はり絵』に関するすべての権利を取り戻すことができたのはご存知ですか？　なお、その時の経緯について書いた文章も同封いたしておきます。この文章は、■■さんもご存知の、『はり絵』を返して欲しいとの手紙がおじいさんから妻に届いたあと、おじいさんと■ちゃん宛てに、私が書いたものです。

・まだまだ書き足りない事、言い足りない事は山ほどありますが、それは、お会いしたときにお話いたします。通知書により
ますと「長崎へ伺って協議をする用意がありますので」という文言がありますが、ぜひ！　佐世保にいらしてください。ぜひ！
お会いしてお話したいですね。

・佐世保は本州最西端の港街ですので、一泊の予定がよろしいかと思いますが、■■さんにもスケジュールの組み立てがおあ
りでしょうし、私も今週一杯は佐世保でやることがあり、非常に忙しくしておりますので、できれば来週にお越しいただけな
いでしょうか？　これは決して時間延ばしなどではなく、私がふるさと佐世保で何をやっているか、そのチラシも同封いたし
ます。ＤＶＤは三年前に、私が始めたことをＴＶ局が取材してくれたものです。もしも、■■さんが落語が好きで、こうい
うことに興味がおありならば、これに合わせて佐世保に来る、ということも考えられますが……そのあたりのことは、今後連
絡を取り合って、お互いよき日時を決めましょう。もちろん、通知書に「貴女」とある妻・ゆかりも同席します。

・私の連絡先ですが、住所はご存知ですね。
携帯　090—■■■■—■■■■
Ｅメール　■■■■■■■■■■■jp
どうぞ、いつでもご連絡ください。では、失礼いたします。

草々
平成25年　11月11日

「エビさん、これ、まじスか！」

「まじスよ」

「そうですよね、弁護士に出したんだから、まじスよね……いやぁ、信じられないよなぁ」

「大ドンデン！　これ番組になったら、見てる人全員びっくりしますよ。やりてぇなぁ」

「視聴者もそうだろうけど、エビさん夫婦や内田家のこと知ってる人たちは、もっと驚くんじゃないですか」

「驚くだろうな、オレだって驚いてんだから」

「まさか！　って思いますよね。へたな推理小説やドラマよりおもしろいですもん。あ、エビさんすいません」

「いいよ、ホントの話だしな。もうこうして公表もしてんだから」

「エビさんの手紙と通知書くらべながら読むと……この人、なりふりかまわず金ほしがってるような気がしますねぇ」

「なんか、焦ってるっていうか……見苦しい感じだよな」

「それにしても……この通知書、ウソばっかりじゃねぇか……いいのかよ、弁護士がこんなの出して」

「こういうのって、弁護士ギョーカイじゃ〝虚偽補助罪〟とか〝積極的虚偽加担罪〟とかになんないのかね。弁護士だったらやりっぱなしでいいのかよ」

「オレらが番組でヤラセとかウソだって疑われると、速攻で審議会だぜ」

「書いた弁護士も弁護士だけど、書かせた依頼人がひどすぎんじゃないの」

「はなっから〈その妻〉と一緒にいねぇじゃねぇか！」

「エビさん、この手紙によると……〈通知人〉は〈その妻〉を住み慣れていた〈横浜市旭区鶴ヶ峰の土地建物〉から追い出して、自分から〈貴女と貴女の夫が居宅する軽井沢〉に住みたいといって横浜から〈転居〉してきたくせに、半年間は住んでいたけど、追い出していた〈その妻〉が夫と一緒に住みたいといいだしたから、エビさんとゆかりさんが引き受けて、老人ホームから軽井沢に連れてきたら、通知人は〈その妻〉を嫌がって再び〈横浜へ転居〉したってわけですね？」

「大筋はそうよ。内田正泰は、老人ホームにいる〈その妻〉と軽井沢で一緒に暮らすことに同意したにもかかわらずな」

「エビさんは、通知人の希望をかなえるために、銀行から4500万借りたうえに、自分たちのマンションも売って同居用の物件を購入し、〈画家である通知人の工房として利用〉するためのリフォームもしてあげたんですね？」

「3800万はオレに返す約束でな。なのに、あの通知書よ」

「この人めちゃくちゃじゃん。自分が一番の当事者というか、すべて自分が原因で起こったことなのに……よくもまぁ、こんなにウソばっかり堂々と弁護士に書かせられるな」

「これじゃ書かされた弁護士も被害者みたいなもんじゃねぇか？　お気の毒でご同情申し

上げるよ」

「この弁護士、人はいいのかもしんないスね」

「そうね。依頼人は有名な貼り絵の先生だし、高齢だしな。まさかこれほどひどいウソつくとは思わないだろうから、すっかり信用したんだろうな」

「有名だろうが無名だろうが、高齢者だろうが未成年だろうが、人として、しちゃいけないことってあるだろう」

「ですよね。いくら年とってようが、どんなにきれいなもの作ろうが、こんな汚いことしちゃいけませんよ」

「相田みつをっぽくいえば……〝あなたのこころがきれいだから　なんでもきれいに見えるんだなぁ〟」

「さすがエビさん、パロディですね」

「ちがうよ。そのまんま、相田みつをの言葉だよ」

「え、そうなんですか……なんか深いなぁ」

「べつに深かないけど、彼の名言集にはこんなのもあるぞ……〝うつくしいものを美しいと思える　あなたのこころがうつくしい〟」

「ナハナハ」

「そりゃ、せんだみつおだろ」

「気をつけて　横断歩道ときれいな言葉」

「座布団一枚！」

「そういうこといいいたくもなるよな。よかれと思って手伝ったり助けてくれてた娘さんに、こんな通知書送るんだもんな」

「フルカワ、会議中にパソコン見てんじゃねぇよ」

「いや、いま『内田正泰』で検索してみたんですけど、この人の言葉ってすごいですね」

「なにが？」

「自分のキャッチフレーズみたいのがあるようなんですけど……読んでみましょうか」

「ああ、読んでくれ」

「〝自然は嘘をつくりません。全てが真実です。人間は虚偽をつくります。だから私は自然を師とするのです。大宇宙の〟」

「もういいよ、気持ち悪い」

「あんた確信犯かい！」

「そういう自覚すらないだろ」

「日頃からそんなきれいごといってるんじゃや……〈直接通知人やその家族に連絡しないよう〉に釘刺すはずだよ。〈その妻〉も〈その家族〉である息子夫婦も、ホントのこと知ってるわけだからな」

「こんなウソばっかりの通知書出されたら、家族としちゃみっともないですもんね」

「みっともないのもそうだけど……こんなの出しても、すぐウソだってばれるだろ。エビさんだって読むんだからさ」

「だから被通知人の名前を海老原ゆかりひとりにして、エビさんを避けて親子の問題だけにしたんじゃないか」

「よくわかんないなぁ、なんでだよ?」

「じゃさ、おまえがこんなにウソばっかりついてる内田正泰だとしてよ、今回みたいな通知書出すときに、ホントのこと知ってる海老原靖芳も一緒に相手にしたいか?」

「したくない」

「だろう、そういうことだよ。だからさ、相手を娘だけにして、〈法的手段〉ちらつかせた通知書が弁護士から突然いけば、娘は脅えて、すぐに金出すって考えたんじゃないか」

「だとすればこのオヤジ、娘のこと見下してるというか、なめてますね」

「弁護士のこともな。でなきゃ、まともな人だったらとても弁護士にこんなウソばっかり書かせられないだろ」

「日頃から自分はすっげえ立派な芸術家だから〝自分のためなら〟何してもいい、なんでも通るって思ってんだろうな」

「まわりもヨイショするしな。しょせん世の中は、目明き千人めくら千人よ」

「カトウ、放送禁止だぞ」

「いいじゃないスか。たまにはこういうこともいいたいんですよ」

「オレらのギョーカイにもよくいるもんな。テレビ画面と楽屋と、ぜんぜんちがう歌手とかタレントがよ」

「そうやって弁護士は騙せたけど……自分のウソがばれるのは恐いから自分はもとより家族に、ゆかりさんからでもエビさんからでも連絡されると困るんで、〈直接連絡しないよう〉にって、〈法的手段〉で釘刺したんじゃないの」

「なるほどねぇ……いくら高齢でも、そういう計算はできるんだ」

「じゃやっぱり依頼人であるオヤジは、家族の誰にも相談しないで、ひとりで弁護士のところに行ったんでしょうね」

「そりゃそうだろう。こんなこと知ったら家族は止めるよ」

「それにしても、考えれば考えるほどひでぇ話だよな……こんなウソみたいなホントの話ってあるんですねぇ」

「オレたちも読んだときは、あんまりひどすぎるっていうか……あからさまにウソってわかることばっかり書いてあるからさ、最初は本物じゃねぇと思ったんだよ」

「思いますよね、これじゃ。もしオレんとこにきたら、振り込め詐欺かと思いますもん」

「イセキ」

「すいません、いいすぎです」

「オレたちもそう思った」

「で、エビさん。この弁護士とは会ったんですか?」

「ああオレからの手紙を読んだあと、本人から電話があってな。会う約束をしたよ」

「どんな感じだったんですか、偉そうでした？」

「いや、電話の声は穏やかで丁寧だったけど……まだオレの手紙よりも、依頼人のことを信用してる感じだったな」

「怒ったでしょ？」

「怒んないよ」

「いや、そういうときエビさんが怒んないわけないスよ。オレのいうことよりあんなバカなディレクターのいうこと信用するのか！　って、オレもずいぶん怒られましたもん」

「カトウ、話がちがうだろ」

「弁護士とは佐世保で会ったんですか？」

「ウム。そうだけど……電話で話してるときに、内容によって弁護士の声のトーンが変わるっていうか、ところどころで気になるとこがあったからさ、もう一度手紙出したんだよ。それもコピーしたの持ってきたから読んでみてくれ」

前略　■■■■■さま

先日はお電話ありがとうございました。わざわざ本州最西端までお越しいただけるということで、お仕事とはいえ、ご苦労さまです。本日こうして手紙を書いているのは、あの時の電話で、気になることが二点あったからです。

■■さんは「若干のちがいはあるようですね」と仰いましたが、広辞苑には、「若干」とは「①それほど多くはない。②多少。いささか。」と記してあります。私からの手紙を読んだ後、おじいさんに会って「事実」を確認されたにも関わらず、「若干」という言葉を使われたことにまたまた驚いております。たぶん、「事実」を問い質されたおじいさんが、長年の慣性と成っている「ごまかし」か、「白を切った」か、「嘘をついた」か、「逃げた」か、まぁそのあたりの結果だとは思いますが。

あるいは、弁護士としての職業的防衛本能で、とっさに、ああいう言葉を口にされたのではないかと、推察いたしますが、いずれにしても「若干のちがい」かどうか、こちらにお越しになる前に、きちんと確認し、はっきりと認識されていた方が、お互いに時間のロスがなくてよろしいかと思います。

まさか、とは思いますが……「事実だろうが何だろうが、そんなややこしい家族間の出来事や感情の領域には触らずに、今回の案件は金額の交渉だけに絞ろう」とお考えではないでしょうね？

あの時の電話で気になったもう一点は、■■さんが「リフォーム工事の資料」に固執されているように感じたことです。おそらくおじいさんは（あるいは長男の■ちゃんも）「海老原たちが軽井沢を売って佐世保に引っ越したから、その軽井沢を売った金額のなかから……」と考えて、■■さんに依頼したと思いますが、私も妻も、「貼り絵裁判」で相手の弁護士がそのつど送ってきた書類を読んで、「弁護士とは依頼主のため、自分の収入のためなら恥知らずにも白を灰色にしたり、黒にしたりしながらも、相手を脅したりすかしたりしながら我欲の手伝いをする職業なんだなぁ」と、実戦で教えられたことを記憶しております。

ちなみに私は職業上、『行列のできる法律相談所』という番組を作っている制作会社のプロデューサーも知っておりまして、軽井沢にも佐世保にも遊びに来るほど親しいのですが、その友人からあの番組で有名になった弁護士の、一般の人には言えない「人物評価」も聞いております。放送作家として、私はああいう番組は嫌いですがね。

■■さんにはまだお会いしてはおりませんが、佐世保バーガーやレモンステーキの話をされた声の感じは、誠実そうで好感のもてる方のような印象を受けました。

こちらにいらっしゃる目的が、「3800全額が無理なら、引き出せる金額調整（たとえば私が出したリフォーム代を差し引いた金額）を落しどころにして、今回の案件は和解にもっていこう」というような内容でないことを願っております。

あなたの依頼人が、私たち家族にしてきた事は、そんな単純な金計算だけで片付くほど簡単なことではありませんので。私もそうですが、■■さんも「名前」と「実績」と「信用」で仕事をなさっているでしょうから、「相手から、ただ金を引き出すためだけに動いていいのだろうか」と、虚心坦懐に今回の案件を見直すようなおつもりで、お越しいただくことを希望いたします。

本日の佐世保は秋晴れの美しい空が拡がり、港に寄せる波も光輝いております。この時期は、〝九十九島牡蠣〟が旬であり、呼子に勝るとも劣らないほどの烏賊も食べられますし、鯖も、鯵も、絶品です……と書いているだけで涎が出てきそうになるほど、絶品です。
■■さんがそうかどうかわかりませんが、お酒が好きな人には、たまらなく美味しい港街ですよ。
妻とお待ちしております。道中お気をつけて。

草々
平成25年11月20日

追記・前回の手紙で、ひとつだけ私の思い違いがありました。おばあさんが、私たちとおじいさんもいる軽井沢で一緒に暮らしたいと〝意思表示〟したのは、福島や横浜の老人ホームではなく、横浜の老人ホームから軽井沢に泊まりで遊びに来ているときでした。このときおじいさんは、例によって、「おばあさんとは会いたくない」と、横浜に疎開しておりました。そのときの軽井沢には、おばあさんの姉である福島の叔母さんも遊びに来ていて、夕食後のひとときに、口が不自由になっていたおばあさんが身振り手振りで、「ここ、ここがいい。ここ、ここ」と私たちに訴えたのでした。

「このあと弁護士と会ったんですね」

「佐世保にきてくれたからな」

「いよいよ直接対決か」

「なんか、ドキドキするな」

「エビさん、早くそんときの様子教えてくださいよ」

「そのまえに、コマーシャル」

「そんな小ネタいいですから」

「弁護士はひとりできたんですか？」

「ウム。そのときの会話の抜粋もここにあるから、読んでみてくれ」

平成25年12月6日（金）午後3：30〜6：15
佐世保ホテル・リソナ内「コートダジュール」にて、弁護士・■■■■■氏と話し合いを行なう。

〈そのときに初めて■■氏に見せて、手渡した物（コピー）〉
・おじいさんが私たちに書いていた謝罪の手紙・2通
・軽井沢の新物件購入時の領収書・必要経費の領収書
・銀行からの借入金の領収書
・新物件の名義確認のための登記簿

〈渡さずに閲覧してもらった物〉
・当時のおじいさんの遺言状（■■弁護士宛の素案ではありますが貼り絵の権利・管理はすべて海老原ゆかりに譲渡・委託すると記してあります）
・当時のエンディングノート
・新物件のリフォーム代金（見積書）

〈会話の主な内容〉
・初対面の挨拶や佐世保の印象などの雑談あって……

海老原「今回の通知書のことは、長男である内田■も知っていますか?」
■■「知っています。先生（おじいさん）と一緒に会いました。奥様（おばあさん）は一緒じゃありません」
ゆかり「やっぱり……そうですか……こんなことされるなら……いままで（弟を）助けなきゃよかった……」
■■「……（下を向いて無言）」

ゆかり「（この通知書を見たとき）振り込め詐欺かと思いました」
■■「……（少し笑う）」
海老原「笑い事じゃないでしょ。これ、脅しと一緒じゃないですか。しかも、弁護士さんが、こんな嘘ばっかり書いていいんですかね。どこがどう嘘かは、手紙で書きましたけど……ほんと、ひどい書き方ですよ」
■■「……（下を向いて無言）」
海老原「手紙に書かなかったことも言いましょうか？」
■■「（うなずいて）……（メモをとる）」
海老原「手紙には書きませんでしたが、ここでもうひとつ嘘を教えましょう。この通知書に〝通知人にとって、軽井沢の居宅は作品制作の場として相応しいものではありませんでした〟云々とありますがね。（家の間取り図を渡して）私たちの家は、6LDKでした。そのうちの、一階・東南向きの8畳をおじいさん用の仕事場（アトリエ）に改造し、そのとなりの8畳をおじいさんのプライベートルームにし、廊下を挟んだ向かいの6畳をおじいさんの作品庫にしたんですよ。作品のサイズに合わせた棚を大工さんに特注してまで。残りの部屋は、ひとつは共通の身内や友人用のゲストルーム、二階のひと部屋は私たちのプライベートルーム。私の仕事部屋（書斎）は一階・北西向きの6畳だったんですよ。6部屋のうち3部屋をおじいさんに提供し、しかもその後、おじいさん用の荷物があまりに多いので、庭におじいさん用のミニログハウスまで建ててあげました。そのためのリフォーム費用なども、すべて私が出したんですよ。あなたは、こういう環境が制作の場として相応しくないと思いますか。そういうことは聞いていますか？」
■■「……いいえ……3800万のなかからリフォーム代も出したんでしょ？」
ゆかり「とんでもない！　おじいさんは、物件（5200万）さえ買えなかったのに」
海老原「買えたのは私が銀行から4500万借りたからで、それはおじいさんが3800万で返す約束だったし、それでもリフォーム代など計算すると全然足りないから、そういうのは、自分たちのマンションを売ったなかから出したんですよ」
■■「……（私たちがマンションを売ったとは、依頼人から聞いていなかったような反応）」
海老原「こういうのを見ればわかると思いますが（登記簿のコピーや購入物件に関する書類を渡して）どこに「内田正泰」の

名前がありますか。何度も「靖ちゃん、私の呼び名ですがね、悪いな。大変だな。ありがとう」などと言ってたんですよ。でなきゃ、半分は自分の名義にするでしょ。とにかく、この通知書は嘘ばっかりでしてね。あなたの依頼人は自分の名誉欲や金銭欲のためなら、平気で嘘をつきますし、家族さえ騙す人なんですよ。あんまりこういうことは言いたくないんですが……私たちも弁護士さんに嘘はつけませんからね……おじいさんの作品のなかには、知らないカメラマンが撮った写真をそのまま貼り絵や鳥の絵にしたのがいくつかありましてね。そういうパクリをしてまでも、芸術家ぶるのが好きな人なんですよ。非常に身勝手で、自分さえよければ、その場限りで言うことをコロコロ変えますし、それを問いただすとさらに嘘ついてごまかしたり逃げたりしますからね」

■■「……」

ゆかり「(通知書に)書いてあるように、お金を預けた相手が最低最悪だったら、どうしてすぐに返せと言わなかったんですかね」

■■「……(下を向いて無言)」

ゆかり「8年も経って、突然こんなこと言ってくるのは……事情は知りませんが……なにか、お金が必要になったってことでしょ？ でなきゃおかしいでしょ？」

■■「……先生はなんだか、お金が必要のようですね。よく……そういうことをおっしゃいます」

海老原「軽井沢に来たおばあさんから逃げて行って、結局、■■■■に住むことになったんですが、その時に、こんな手紙を寄越したんですよ……これ、読んでみてくださいよ。日付もよく見てください(謝罪の手紙のコピーを渡す)。これで、あの当時、おじいさんが私たちに対してどういう気持ち、どういう心境だったかわかるでしょ」

■■「……あのう……私も佐世保まで来て、手ぶらでは帰れませんので……いくらかでも」

海老原「そういう考えはやめてほしいって言ってるでしょ！ 私たち家族の問題は、そんな簡単な金勘定だけで住むような話じゃないって手紙にも書いたし、さっきからずっと言ってるじゃないですか！」

■■「……」

ゆかり「(おじいさんや■ちゃんたちからは)こっちがいままでの迷惑料というか、慰謝料をもらいたいぐらいです」

■■「……先生や弟さんたちとの、そのへんの背景はよくわかりませんが……」

海老原「手紙でも書きましたけど……いま彼らが貼り絵で商売できてるのも、ゆかりと私が裁判で勝ち取ったからだし、私たちが貼り絵の権利と（相手が請求してた）3500万を守ってやったんですよ。それも忘れて……」
■■「……そのへんの背景は……」
ゆかり「おじいさんがおばあさんについていた〈最低の嘘〉を私たちは知らなかったんですが、それを知っていたら、軽井沢でおじいさんと一緒には住まなかったでしょうし、今回みたいなことにはならなかったと思います。わたしたちも、おじいさんに騙されたようなもんですよ。おじいさんがおばあさんを追い出すための方便として〝一年だけ（芸術家としての）俺の好きにさせてくれ。一年たったら（鶴ヶ峰に）戻ってきていいから〟と約束したことを、おじいさんは私たちに隠してたんですから……〈あの嘘〉を知っていたら、気に入ってた私たちのマンションを売ってまで、おじいさんと一緒には住みませんでした」
■■「……そのへんの背景は話してもらわないと……」
海老原「お話しするには、徹夜しても終わらないかもしれませんよ。それくらい、いろいろありましたから……もう時間もありませんしね……」

この日は時間切れとなり、■■氏は「この内容を先生（おじいさん）たちに話して、後日連絡します」ということで帰京。

私はすぐに、■■氏が知りたがっていた〈背景〉……おじいさんである「内田正泰」、おばあさんである「内田■■子」、ゆかりの弟である「内田■」と〈私たちの背景〉について書いた手紙を郵送しました。

「エビさん！　これ、まじスか！」

「なんどもおんなじこと聞くな」

「いやでも、こ、こ、こ」

「お前はニワトリか！　落ち着け」

「あ、はい、いやでも、こ、これ、ちょっと、えー、まさか……同居してる息子は知ってたんですね！」

「ウム。弁護士がはっきりいったからな」

「オヤジだけじゃなくて、息子もグルかよ……ひでぇなそりゃ」

「ひどすぎるなぁ、自分は隠れてよ」

「またまたまさかまさかの大！　ドンデーン！　じゃねぇか！　番組にしてぇなぁ」

「息子もその嫁さんも、エビさんの手紙にあったことはぜんぶ知ってたんですね？」

「知ってるもなにも、とにかくもめごとの多い親夫婦だったからな。そのときそのときでいつも相談し合ってたし、お互い助け合ってたし、大事なときはいつだって一緒に動いてたし、特にゆかりは、親のこともそうだけど、弟夫婦のことをいつも親身になって、物心ともにいろいろ援助してたよ」

「これにも……〝こんなことされるなら、いままで弟を助けなきゃよかった〟って書いてありますもんね」

「かわいそすぎだよなぁ、ゆかりさん」

「イセキ、おまえがいうと真実味ないけど……この通知書読んだときには顔色変わって、倒れそうだったよ。父親からこういうことされただけでも辛いのに、その陰に隠れて弟も一緒だったんだから……最近は落ち着いてきたけど……ゆかりはずっと苦しそうだったな」

「仲よかったんですもんね」

「なのにホント、いきなりだもんな。金が必要なことができたらできたでさ、なんとかならないかとか、相談があるんだけどとか……方法はいろいろあるだろ。前もって電話するなり、メールだって手紙だってさ。なのに、なんの打診も相談もなくて、いきなり弁護士からの脅迫状みたいな通知書だろ。真相がわかったときには、父親も弟も金ほしさに気狂ったとしかと思えなかったな」

「エビさん、放送禁止ですよ」

「いいたくもなるだろ」

「ですよね。オヤジがこんなことするだけでも信じられないのに、息子もグルじゃねぇ……そのとき、こんな恥知らずなことしてでも金が必要なことでもあったんスか?」

「さぁ……オレたちはもう佐世保にいたから、彼らがどうして急に金がほしくなったか知らないけど……とにかく、いろいろあっても家族なんだからよ。こんなことする前にひとこと連絡くれてさ、そんときのオレたちの応対が気に入らなかったら、怒るでも訴えるでもなんでもいいからよ、それから弁護士に相談するならすりゃあいいじゃねぇか」

「ですよね。元はといえばすべてオヤジが原因で、そういうことを息子も嫁も知っていたくせに、いきなりこんなやり方は汚ないスよね」

「しかも息子もグルのくせに、自分の名前は書かせてないんだもんな」

「ズルすぎだよな。年寄りのカゲに隠れてないで、自分の名前も通知書にきっちり出せばいいじゃねぇか」

「オヤジも確かにひでぇけどよ。サムラゴーチとちがってゴースト使ってるわけじゃねぇし、自分で貼り絵作ってんのはホントなんだからさ、性格はどうであれ作品を好きな人がいたって、それはまぁそれでアリだろうけど、この息子はなんなんだよ、オヤジ止めもしねぇでよ。普通止めるだろ、自分もホントのこと知ってんだしオヤジの恥になるんだからよ」

「嫁も嫁だよなぁ。どうして止めないかねぇ」

「だよな、おかしいよな。止めもしねぇで、一緒になって弁護士騙してこんな通知書出させるなんてよ」

「それほど三人で金ほしかったんじゃないの」

「誰だってほしいときはあるけどさ。普通こんな詐欺みたいな脅迫みたいなひでぇことはしねぇだろ、しかも身内に」

「金が必要で手持ちがないなら、オヤジは高齢だから、息子が自分で銀行からでも借りりゃいいじゃねぇかな」

「いま貼り絵の仕事は、この息子が手伝ってんでしょ？」

「ゆかりが譲ってやったからな」

「オヤジはエビさんと奥さんに著作権守ってもらって、息子は営業権譲ってもらったのに、よくこんなことできるよな」

「こういうのにかぎって、ホントのこと知ってるひとがいないのをいいことに、オヤジの個展じゃ〝ぜんぶ私がやってます〟って顔して、にこやかに挨拶なんかしてんだろうな」

「まわりからは感じがよくて、親孝行な息子さんですね、なんていわれてな」

「やっぱ世の中、目明き千人めくら千人だな」

「カトウ」

「タレントのジャーマネにもいるもんな。ウラじゃせこいことしてるくせに、やたら愛想だけはいいのが」

「オレ、この人の貼り絵の画集もらったことあるよ、エビさんから」

「オレももらったよ。エビさんよく〝宣伝してやってくれ〟っていって、いろんなテレビ局のスタッフにあげてましたもんね」

「このひとの貼り絵って、たしかエビさんがアドバイスしてから変わったんですよね？」

「人物を貼ったほうがいいって話な。初期のころはどの作品にも人物が入ってなかったから、きれいはきれいだったけど、なんか、無機的というか、あったかみがなくてさ」

「ドラマでも芸術でも、基本は人間描くことですもんね」

「だろう。だからすすめたのに〝貼り絵じゃ人間はむずかしいんだ簡単にいうな！〟って怒ってさ」

「エビさんも怒ったでしょ」

「こういう話になるとエビさんガンガンいくもんな」

「べつにガンガンはいってないけど……むずかしいことしないで簡単で楽なことばっかりしてたら進歩ないじゃないですか、そんなの芸術でもなんでもないし、作家の姿勢じゃないですよ、ぐらいはいったかな」

「ガンガンじゃないスか」

「本人も感じるとこがあったんだろうけど……それから、人物を貼るようになってさ。オレだけじゃなくて、作品に関しちゃゆかりもずいぶんアドバイスしたんだぜ。〝そこに花はないほうがいい〟とか〝そこは、こうしたほうがいいんじゃない〟とか、ほんと、ずいぶん貢献してたし、それでよくなった作品もたくさんあるぜ」

「奥さん、センスいいですもんね」

「その画集のタイトルって確か……『こころの』なんとかでしたよね」

「『こころの詩』」

「こんなことするんじゃ〝こころ〟の前に〝汚い〟とかつけたほうがいいじゃないスか」

「これ、クイズもいいですけど、ドラマでもいけるんじゃないですかね」

「いけるいける、タイトルは『老人と嘘』ってどうよ」

「まんまじゃねぇか」

「じゃ……文芸大作風にして『誰がために金はいる』」

「『欲望という名の両者』」

「ゆかりさんを主人公にしたミュージカルにして『怒りを上げて』」

「〈その妻〉が主人公のコメディにして『貼り師とペテン師、だまされてケアハウス』」

「もういいだろ、そのへんにしとけ」

「エビさんこのあと、また弁護士に手紙出したんですよね？」

「ウム。弁護士が知りたがってたから、まずはじめに、弟とゆかりとオレの背景について送ったよ」

「それも読めますよね？」

「いや……相手が弁護士だからオレは隠さず書いたけど……それには弟の、親も知らないこととか、金銭的なことで本人が読まれたくないようなことも書いてあるし、親である内田夫妻についても、オレがここまで公表しても、これはさすがに隠しといてやろうと思う出来事もあったし……その手紙の内容はかんべんしてくれ。ただ番組にするなら、被通知人である「海老原ゆかり」は全額払ったのか、ある程度の額で和解したのか、法的手段に訴えられたのか、結果がどうなったか、視聴者にはきちんと〈答え〉を見せなきゃいけないから、その結果を推理するのに必要な部分だけはこれから配るよ。手紙には過去三十年間の内田家の人々に起こった出来事、つまり弁護士がいってた今回の〈通知書に至るまでの背景〉がわかるように書いてあって、全部で28ページあるけど……ここではそういうわけで、その内容は抜いて、始めと終りのページだけにしてある」

前略　■■■■さま

先日は遠路、西の港街までお越しいただき、ご苦労さまでした。

佐世保の味覚を堪能されたでしょうか？　お会いして、お話するうちに、クレバーで誠実な印象を受けましたし、年も近くてほぼ同世代でしたし、こんなことで知り合わなければ、友達になれたかもなぁ、と感じました。この感じは、妻のゆかりも同じようです。

別れ際に、私が「落語は好きですか」と尋ねたところ、にっこりと頷かれましたね。

今回こうしてお手紙を書いているのは、先日の席上で、91にもなるおじいさんを前面に出し、背後で焚き付けながら尻を押しているのが長男の内田■であり、彼も3800万を欲しがっていると確信したからです。そうではないかと、推察してはおりましたが。

席上で、■■さんは何度か、〈背景〉がわからないと、〈背景〉を話していただかないと、と仰いましたが、先日は時間切れで■ちゃんとの〈背景〉までは話せませんでしたので、手紙にてお伝えいたします。なお、「依頼人である内田正泰との〈背景〉」についても、先日の内容ではまだまだ伝えきれておりませんので、それらについては、また後日お伝えいたします。

内田■と私たちの〈背景〉
（その全28ページ分は省く）

内田■と私たちの〈背景〉は、概ね上記のようなことですが、いままでどれだけ「お姉ちゃん助かったよ」「お姉ちゃんありがとう」「お姉ちゃん頼むね」「お姉ちゃん悪いね」などと、言って来たか……。〈我欲〉に駆られているいまとなっては、忘れてしまっていることでしょう。あの人たちが訴えようが訴えまいが（金銭欲の強い人たちですから訴えるでしょう）私は、自分たちの財産だけでなく、妻である〝ゆかりの心〟も守らなければならない事態になりましたので、このように、■ちゃんの〈背景〉についてお伝えいたしましたが、■ちゃんも周囲には良き長男であり、良き夫であり、良き父親である面を見せておりますので（もちろんそういう良き面があることも十分承知しております）上記のこと、いまのところは、■■さんの胸の内だけに収めておいてください。お願いいたします。参考までに「■■■■」のなかでは、お嫁さんの■■■ちゃんだけが比較的冷静に、かつ客観的に話せる人ではないでしょうか。

今後のことについても、■■さんにお願いがございます。

訴える場合は「内田正泰」だけでなく、「内田■」の名前も、しかるべき書類に記載してください。こういうことをされても私たちは、91歳にもなるおじいさんを矢面に立たせたくはありません。

通知書を受け取ってしばらくは、裏切られた怒りで奥歯も痛むほどでしたが、いまは深い哀しみとともに憐れみさえも感じております。

最後に、もうひとつだけお願いがございます。

訴える場合は、「私も一緒に訴えてほしい」と内田正泰と内田■にお伝えください。「海老原ゆかり」だけではなく「海老原靖芳」の名前も列記していただくよう、重ねてお願いいたします。でないと、あまりにも卑怯です。どうか、よろしくお願いいたします。

草々

平成25年　12月9日

追記・私たちと内田家の人々の〈背景〉を見たければ、私たちが結婚したときから、彼らと疎遠になるまでの35年近く写し合った、かなりの数のアルバムがあります。参考までにご覧になりたければ、そちらの事務所にお送りいたします。ちなみに、私同様におじいさんもカメラ好きでしたので、多くのアルバムを所有していると思います。

「で、結果はどうなったんですか？」

「和解したんですか？　訴えられたんですか？」

「ウム……あれを書いたのが平成二十五年の十二月九日で、確か翌日に投函して……その月の二十五日に、弁護士から電話があったよ」

「なんていってきたんですか」

「〝取り下げられました〟っていった。これが〈答え〉だ」

「文書じゃなくて電話ですか」

「証拠残すのが嫌だったんじゃないの」

「まぁそんなとこだろうな」

「とうぜんその弁護士は謝ったんでしょう？　〝わたくしウソを書かされておりました〟って」

「さんまじゃないから、弁護士は謝りゃしないよ」

「オヤジや息子からは連絡あったんですか？」

「一切ないし……もう、こっちからする気もないよ。仲よかったときのこと考えると、虚しいなあって思うけどな」

「エビさん、ちょっといいスか」

「なんだカトウ、まじな顔して」

「いやぁオレはエビさんのバカな弟子ですけど、これだけのこと知ったら、さすがにまじになりますよ。結果はわかりましたけど、教えてください」

「なにを？」

「弁護士との会話のなかに〝おじいさんが私たちに書いた謝罪の手紙〟ってあるじゃないですか」

「ウム」

「それにはなんて書いてあったんですか？　いや、だって、老人ホームから軽井沢に引き取られてきた自分の女房から貼り絵の先生が横浜に逃げなかったら、いまもエビさんたちと四人で軽井沢に住んでるはずでしょ？」

「そりゃそうだよ。そのためにオレたちはマンションも売ったし、銀行から借り入れもしたんだからな」

「ですよね。だから、それほどひどい身勝手なことしたあとで、どういう謝罪をしてたのかなぁと思って」

「ウム……それもここに持ってるから、読んでやろうか」

「お願いします」

「いいわけしたり、謝ったり……いろいろ書いてあって……ぜんぶは長いから、特に今回の通知書に関係するとこだけでいいよな？」

「はい」

「日付は、平成十八年一月十日。オレたちと同居した軽井沢の雰囲気が最悪だったから横浜へ転居することを余儀なくされた、と通知書に書いてある平成十七年十月から、二か月くらいたって出した手紙だな」

「二か月後ということは、その頃にようやく、内田正泰も奥さんも息子夫婦も落ち着いてきたってことですかね？」

「まぁそうだろうな。オレも心配だったからさ、こうやって番組会議で東京に出てきたついでに寄ったりしてよ。これからは四人仲良くして、それぞれしっかり頼みますよってっいったりしたんだぜ」

「問題の多かった四人が最終的に横浜で住めるようになったのは、エビさんとゆかりさんが動いたおかげですもんね」

「いろいろ大変だったけど……いまは昔の物語よ。読むぞ」

「お願いします」

*

「靖ちゃんとゆかりが軽井沢で夫々の仕事をゆっくりと確かな心構えで過ごそうとした夢を私が無にしてしまった事を、許してもらえない事と思い、只これからの生き方で見てもらう以外にないと思っています」

＊

以上が、貼り絵画家・内田正泰先生（以下、先生と表記します）が自分の娘に送ってきた通知書の顛末です。右記の、先生からの謝罪文のなかに「只これからの生き方で見てもらう以外にないと思っています」という言葉があります。立派な決意の言葉です。こういう手紙をもらえば誰しも安心するでしょう。私も妻も安心しました。特に妻は、父と母と弟夫婦がそれまでの悶着や軋轢を捨てて、仲良く横浜のひとつ屋根の下で暮らせるようになったことを心底喜んでいました。しかも先生には「私たちの夢を無にした」自覚がおありなのですから、「これからの生き方」を期待して見ていました。その結果が、あの通知書です。実に立派な生き方です。

読者にはいろんなひとがいますので、念のために書いておきます。私は放送作家ですので、視聴者……ではなくて読者のみなさんが理解しやすいように、テレビ制作会議の設定にしましたが、それぞれの登場人物が話し合っていた内容は、私と妻の考えです。それを、それぞれの登場人物のせりふに振り分けて代弁させてあります。複雑な家族事情を含んでいますので、こういう表現方法がみなさんにはわかりやすいと判断したからです。登場人物たちの毒舌や与太なせりふは、すべて私の考えであり、私の思いです。妻にとっては実の父であり弟ですから、あんな通知書を突きつけられても、私ほどひどいことはいいません。特に父親に対してはわずかながらも、いまだに優しい気持ちをもっています。

登場人物の名前はカタカナ表記にしてありますが、全員実在のテレビ関係者ばかりです。彼らが読めば、ほんとに番組にしたがるかもしれませんね。楽しみです。

　通知書が届いて以来、二年間に渡ってふたりで話し合いながら考え続けてきましたが、どう考えても、あの通知書は異常です。異常な金銭欲です。その異常な行為のために、妻は倒れそうになりました。あなたが妻の立場だったらどうでしょうか？　大丈夫でしょうか？　軽井沢で「私たちの夢を無にしといて」、今度は、ふたりと犬一匹で静かに穏やかに暮らしている私の故郷での生活も、壊されそうになりました。妻が倒れたら、私たちの生活は成り立ちません。でも、正しいことをしてきたのに倒れるほど、妻は弱くはありません。降りかかる火の粉を振り払えないほど、私も弱くはありません。あなたが私だったらどうでしょうか？　そういう状態の妻を黙って見ていられますか？　妻に、そういうことをした身内たちを黙って見逃せますか？　許せますか？　私はできません。

　それにしても先生も息子も嫁も、弁護士に〈正式〉に依頼するという〈意味〉がわからないほど社会性が欠如しているのでしょうか。あんな通知書を突きつけられたときの娘が、姉が、どれほどのショックを受けるか、その感受性も想像力もないのでしょうか。思いやりとか自覚とか自省とか自責とか、そういう言葉すら知らないのでしょうか。〈我欲〉という言葉しか知らないのでしょうか。信用していた依頼人に、嘘を書かされた弁護士の立場は考えなかったのでしょうか。

　ひょっとして、こういう手口を使って、過去に成功した覚えでもあるのでしょうか……

あるのです。あの通知書以前に、ようやく横浜に落ち着いた先生から、私たちが保管していた貼り絵を「返してほしい」という手紙が届きました。

父親である先生から貼り絵に関する全権を委託されていた妻は、そのときはすでにその権利を弟に託し、軽井沢に保管していた貼り絵の九割以上は横浜に送っていました。残りの一割弱が、まだ私たちの手元に保管してあったのです。その残りの貼り絵は、すべて私の故郷の風景です。私たちは先生夫妻を一緒に連れて、家族旅行も兼ねて何度も佐世保を訪れています。私の車に乗せて横浜からのロングドライブ、途中の観光地も見学したりして……楽しい時代でした。そのときに私の友人たちが、「絵になりそうな場所」へ先生を案内してくれました。残していたのは、それらを題材にした貼り絵です。私の撮った写真をそのまま作品にしたのもあります。私は佐世保でも先生のことを広めるために、個展を開催してあげようと考えていましたので、そのとき関係各所のひとたちに説明するのに「佐世保の貼り絵」を活用するつもりでした。「だからまだ動かせません」という返事を出しました。そうしたら、その二か月後に、あの通知書と同じような内容で、いきなり弁護士からの返還要請があったのです。そのときはすぐに返還しました。私たちの考えがどうであれ、先生のものであることにまちがいありませんから、弁護士を使ってまで返してほしいなら返しますよ。

でもね、電話もメールも一切なくて「オレたちの間柄で、いきなり弁護士かよ」とその手口に呆れ果てましたけど、それで味を占めたんじゃないでしょうか。私たちが、特に名指しされた妻が「弁護士と法的手段に脅えて貼り絵を返した」と解釈したのではないでしょうか。「この手を使えば次も成功するぞ」と自信を得たのではないでしょうか。

弁護士はともかく、先生の作品を先生に返すのは「筋が通っている」と私たちは判断したからに過ぎないのに、あれで「返してきたから、あの手で夢よもう一度。やっちゃえやっちゃえ、お金のためな〜ら、エーンモキーレ」。

通知書にあった先生の〈その妻〉が、「名もなく貧しく美しくもなく」の章で書いた、私の母が養子にほしがったひとです。私はそういうことを知っていましたから、その娘と私が互いに惹かれあって結婚したのは、なにか宿命のようなものを感じていました。ですから、私を育ててくれた三人が亡くなったあとは、母のように、先生のことは父のように、その息子のことは弟のように、物心ともにできる限りのことは実行しながら、三十年以上も、ともに家族として暮らしてきました。その間、先生にはお世話になったこともありますし、私もお世話してきました。その結果が、あの通知書です。

あの通知書のことは、おそらく〈その妻〉は知らないでしょう。福島の老人ホームで暮らしていたときに脳梗塞で倒れて以来、ときどき痴呆的になるところがありましたから、話をされたとしてもどういうことか理解はできなかったでしょう。口もきけなくなっていましたからね。先生が逃げたあと、三人で軽井沢で同居しているときから、たとえ理解できないことでも理解したふりをして、誰にでも「エーエー」とうなずきながら、にこやかに愛想よく応対するようなひとでもありましたし。

〈その妻〉は昨年、平成二十六年四月十七日に死去しました。その二か月前に、のどに餅をつまらせて……さぞ苦しかったでしょう。そのまま二か月間も脳死状態で寝たきりになった挙句の死です。なんとも哀れな死に方です。脳死状態になった人間の〈こころ〉はどうなるのか私にはわかりませんが、そういう状態の妻を二か月間も先生は、どういう〈こころ〉で見舞っていたのでしょうか？

先生は横浜時代に〈その妻〉が出て行ったあとは、作品展の会場などで知り合いのひとたちに、自分は「独身独身」と嬉しそうに吹聴するような方でしたからね。きちんと離婚したならまだしも、自分が嘘をついて追い出したくせにです。

掲載してある①から⑤までの書面は、すべて現実のことです。事実です。きれいな貼り絵で商売をしている方たちの、芸術的な生活をなさっている方たちの、あれが私と妻だけが知っている〈本性〉です。

最近（平成二十七年六月二十日）鎌倉・長谷に常設のギャラリーを開設したようですから、そこへ出かけてみて、静かに観賞するのもいいでしょうね。貼り絵の作品観賞も人物観賞も同時にできる〈こころのギャラリー〉です。そのギャラリーにいらっしゃる先生たちの表情、目つきを観賞していると、ひょっとしたら、あの方たちの〈こころ〉も見えるかもしれませんよ。じっくりと、ご鑑賞ください。

そのギャラリーは、なぜか先生の〈その妻〉が突然死してから、急ピッチで建てられたようです。先生も息子も嫁も、自慢の素敵なギャラリーのようですが、そんな素敵なギャラリーなら、どうして〈その妻〉が元気なうちに建てなかったんでしょうかねぇ。積年の恩讐を越えて、ようやく横浜で仲良く暮らせるようになった〈その妻〉ですよ。息子にとっても、喧嘩別れをしていた母親ですよ。そういう楽しいイベントは〈その妻〉も喜ぶでしょうし、家族全員が一緒だとさらに楽しいでしょ？　先生にも息子にも、鎌倉に土地を買ってギャラリーを新築できる資金があったんですから、だから現に建てたんですから、生きているうちに建てて喜ばせてあげればよかったのに……そう思いませんか？　突然、のどに餅を詰まらせて死ぬまでは元気だったんですから、まさか自分が突然死するなんて思ってもいなかったはずですから、どうしてもっと早く、元気なうちに一緒に、四人で建てなかったんでしょうかねぇ。

　嘘をついて追い出していた妻に、積年の謝罪の気持ちを込めて喜ばせてあげることも、先生にとっては夫として、とても大切な「これからの生き方」だったんじゃないでしょうか。〈その妻〉は鎌倉が大好きなひとでしたよ。娘である私の妻とふたりだけで、あるときは私も一緒に三人で、何度も鎌倉散策を楽しみましたからね。長谷に新築は喜ぶでしょう。

　なのにどうして、生きているうちではなくて、四月の急な突然死から、わずか半年ちょっとの十一月に急に地鎮祭をして、急にギャラリーを新築したのでしょうかねぇ……不思議です。ギャラリー完成時からコンセプトの打ち合わせ時間や設計図作成などを逆算すると、おそらくその計画がスタートしたであろう時期に、３８００万の振り込め詐欺のような通知書を、これまた急に送りつけてきたような気もしますし……不思議です。そのあたりのことにも興味のある方は、現場で作品を観賞しながら考えてみてください。

読者のなかには、身内のことをこうも赤裸々に公表しなくてもいいではないか、と眉をしかめているひともいるでしょうね。そういう読者にお尋ねします。あなたは、手助けしてくれた自分の子供にあんな通知書を出せますか？　あなたに、仲の良かったはずの親兄弟から届いたらどうしますか？

先生は著名人です。自分の名前で商売をし、〈美しい〉や〈きれい〉や〈こころ〉を売り物にし、そういうことを作品にし、それらを買ってくれるファンがいる先生のような著名人の言動、行状には社会的な責任が伴います。ましてや弁護士に正式に依頼をして、正式に通知書を送りつけたわけですからね。ご自身に社会的な責任が生じることは、覚悟のうえでの行為でしょう。

私は著名人ではありませんが、放送作家として自分が担当した番組では自分の名前を出して商売をしてきましたし、こうして本にして実名で公表している以上、私にも責任が生じます。当然です。それが社会の規範であり、プロとして名前で仕事をしている者の矜持です。

先生と息子たちの私の妻に対する〈我欲〉にかられた行状は、あの通知書とは別のやり方で、その後も続きます。「えっ！　まだあるのかよ！」と驚かれた読者も多いのではないでしょうか。でもそれは、さすがに書けません。これは私の情けです。

彼らは我が身を三省することも猛省することもなく、あの通知書の悔悟も謝罪もなく、「まだするのかよ！」というようなことを、またも、いまだに、平然と、続けています。

私の堪忍袋も妻のも、眉をしかめているあなたのように、丈夫ではありません。「ならぬ堪忍するが堪忍、破れたら縫え、破れたら縫え」という紅羅坊奈丸先生の教えに従って、私たちは何度も何度も縫ってきましたが、もうこれ以上は縫えなくなりました。糸が尽きました。針も折れました。

読者のなかには、似たような〈家族問題〉や〈通知書問題〉で悩み苦しんでいるひとがいるかもしれませんので、そういうひとたちの参考になればという思いもあって、公表いたしました。そういうひとたちに、アドバイスをひとつ。

弁護士を恐れてはいけません。肩書きに臆してはいけません。弁護士も、ぴんから兄弟です。まちがいました。ぴんきりです。それを冷静に見極めましょう。自分が正しければ、恐れることはありません。たとえ相手方の弁護士でも〈人間的にピン〉な弁護士ならば、わかってくれるはずです。正々堂々と、名乗りをあげて戦いましょう。ただし、ほんとにあなたに嘘もなく偽りもなく、後ろめたさもない場合に限りますけどね。ご参考までに。

そろそろ夜も更けてまいりました。ジェットストリーム……この章もエンディングの時間が近づいてまいりましたが、私はお笑い系の放送作家で、落語会も主催しているぐらいですから、ほんとは楽しいことが好きなんです。そういう私を支えてきてくれた妻も、同じです。楽しくて笑えること、一緒に笑うことが、ふたりともに大好きな夫婦なんですよ。だからもう、こんなに不快な話はここで打ち切りです。「ああ、ちょっといいですか、最後にひとつだけ。いえね、うちのカミさんも同じ意見なんですがね」……先生は高齢ですが、高齢に惑わされてはいけません。いくら高齢でも、人として、してはいけないことはありますからね。それは未成年者も同じです。人には年齢に関係なく、してはいけないことがあるんですよ。以上。はい、終わり。

次の章の「エコバック一杯の幸せ」と、その次の「素晴らしき哉、人生に落語」は、うんと、うんと楽しく書きました。ああいう〈我欲〉まみれの連中から離れて、妻と犬と佐世保で暮らしていることがいかに楽しいか、嘘がなくて裏切らないひとたちと暮らすことがいかに気持ちいいか、邪気や邪念のない子供たちと落語の稽古をできる生活がいかに嬉しいか、そういうことを全身で感じながら書きました。御笑読（?）ください。

第四章　エコバック一杯の幸せ

夏が近づくと、テレビや雑誌ではお約束のように「軽井沢」が特集されます。爽やかな高原の避暑地、木漏れ日の散歩道、緑陰でのワインとフレンチ、自転車でめぐる美術館、キビタキやオオルリがさえずる野鳥たちの宝庫、ジョンレノンも愛した森のカフェ、伝統と格式のあるクラシカルなホテル、憧れの高級別荘地。そこに私は、妻と犬と住んでいました。

これから……軽井沢にあった我が家は敷地が三百坪あって、庭には門柱のそばにシンボルツリーとなる高さ十五メートルほどのモミの木が二本あって、白樺が何本もあって、野鳥の巣箱をかけたコブシの木があって、初夏の頃になると石垣に群生していた一重のヤマブキが涼風に揺れて、紅葉の頃になると観光客が記念撮影をするくらい美しく色づくヤマモミジの大木が二本あって、野猿の群が毎年秋に食事にきていた栗の大木があって、山野草が自生している裏庭にはハルニレの大木があって、春蝉の抜け殻をよく見つけていたカラマツが何本もあるなかに、リゾート雑誌で見かけるような木造二階建てに住んでいて、同じ別荘地内には、『眠狂四郎』で覚えている女優さんや劇団四季の代表や銀座のママで作詞家やビールが好きなロックシンガーたちの別荘がありました……なんてことを書きますので、「ばかやろう、自慢しやがって」とか「ふん、嫌な奴」とか嫉妬のあまり冷静に読めないひとは、ここまではとばしてください。「なんかムカつく」女性の方は胃薬を飲むか、婦人科を訪れてください。

私たちは別荘使いではなくて、それまで住んでいた横浜から住民票も移して十年ほど定住していましたので、天気がよくて仕事がないときは、ふたりと一匹で軽井沢のいたる所を勝手気ままに散策していました。

室内で一緒に暮らしているイングリッシュ・コッカー・スパニエルにリードをつけて、輸入住宅用の重厚な木のドアを開けて庭に出ると、玄関脇にはその名のとおり高原の風にそよいでいる風知草。リビングから続くウッドデッキのそばには夏になると白い花を咲かせるヤマボウシ。花屋の店頭に多彩な色が咲き揃うのをまだかまだかと足踏みしながら待ちかねて、長い冬へのうっぷん晴らしのように大量に購入して窓辺のプランタンや素焼きの植木鉢に植えたインパチェンス。大きな酒樽を半分に切って、いくつか庭に置いたなかに植えた色とりどりのビオラ、ビオラ、ビオラ。ビオラ。そういう花々を妻とふたりで愛でながら、ホイールまでクリーム色で同系色に塗装されたベンツ300TDTと妻用に購入した紺色のBMW328iカブリオレを停めている我が家のアプローチから道路に出て、その日の気分で左に曲がって外国人宣教師たちにスワンレイクと呼ばれていた「雲場池」を目指すか、右に折れて「泉の里」を散策するか、どちらのコースを選んでも旧軽別荘地の道は迷路のように分かれていて、季節によってその日によって、いつも変わらない楽しさがあり、いつもとちがう発見がありました。苔に覆われた広大な庭をリスが駆け抜け、頭上からはアカゲラのドラミングが聞こえ、道端にはツリフネソウ。料理上手な妻は途中で見つけたフキノトウやタケノコをその日の食卓に出してくれるので、私はそういう旬の食材をバッグに入れて、ふたりと一匹で遠くに見える山々から吹いてくる爽やかな緑風を肌に感じながら、いつものコースをいつものように戻り、赤い文字で書かれた「入居者募集」の貼り紙がしてある透明なドアを開け、狭いエントランスのなかに入ってエレベーターに乗り、ポケットから取り出した鍵で鉄のドアを開けると、そこは佐世保の我が家、二十坪ほどの賃貸ルーム。

さて、ここで問題です。私と妻と犬は、どの言葉から佐世保までワープ（瞬間移動）したのでしょうか?……正解は「タケノコ」です。標高千メートルの軽井沢で竹は育ちません。タケノコはまちがいです。読者のなかには、「遠くに見える山々から吹いてくる爽やかな緑風」もまちがいだろう。そういう表現は軽井沢のような高原だからこそで、佐世保じゃないだろうというひとがいるかもしれませんが、それもまちがい、ブー！　不正解。ゴンドラが三段階下がります。

いまは平成二十七年六月の中旬。梅雨時ですが青空が見えたので、午後の四時頃いつもの散歩コースをふたりと一匹で歩いてきました。遠くに見える「世知原方面の」山々から「常緑樹に覆われた烏帽子岳を越えて」吹いてくる風は、ほんとに軽井沢に勝るとも劣らないくらいの、爽やかな緑風です。『青菜』のご隠居も、きっと「涼しいなぁ」といってくれます。読者のみなさん、思い切っていいましょうか……佐世保は、爽やかな町です。信じられないひとが多いでしょうね。私も信じられませんでしたから。

結婚して二十四年間住んでいた横浜と、別荘使いも含めて十三年間住んでいた軽井沢と、四十年ぶりにUターンして暮らしている佐世保を、これから〈生活者の実感〉で比べてみます。こんなことができるのは、私と妻ぐらいではないでしょうか。

妻は東京生まれの横浜育ちで、軽井沢にも子供の頃から生意気にも通っていました。私は生まれも育ちも葛飾柴又ではありません、佐世保です。私たち夫婦は五十代の後半から、軽井沢より佐世保を選びました。私にとっては故郷ですから当然の選択だとしても、妻も、横浜よりも佐世保が好きです。

ネ、佐世保の良さを語るには最適なふたりでしょ？「佐世保は爽やかな町です」ぐらいで驚くのはまだ早いよ、石破さん。お楽しみはこれからです。これからまだまだ信じられないくらい「佐世保のいいところ」を書くからさ、しっかり読んで、地域再生・地方創生が口先だけにならないように、頼むぜ、アベちゃん。アベちゃんは、あべあきらのことです。私の放送作家仲間。『ためしてガッテン』を担当しています。

ほとんどのひとが〈共同幻想〉のように抱いているであろう軽井沢のイメージで書いた、たとえば「木漏れ日の散歩道」も強い雨や長雨の翌朝だと、「木漏れ日のぐちゃぐちゃにぬかるんでいる散歩道」でした。あそこは未舗装道路が多いですからね。「緑陰でワインとフレンチ」だって「緑陰で虫に刺されながらワインとフレンチ」。「伝統と格式のあるクラシカルなホテル」は「伝統と格式のあるクラシカルな床もきしむホテル」。「憧れの高級別荘地」は「憧れの湿気とカビと気持ち悪い虫がどこの室内にも必ずいる高級別荘地」。こういうことも、軽井沢の事実です。幻想に惑わされてはいけません。美人の幻想、アイドルの幻想、有名人の幻想、政治家の幻想、貼り絵画家の幻想、肩書きの幻想、テレビの幻想、雑誌の幻想、ネットの幻想などに惑わされてはいけません。

広辞苑によると、「幻想とは、はかない華やかさに彩られた考え」とあります。私も旅行客として訪れているときは、はかない華やかさに彩られた考えで軽井沢を見ていましたので「気持ち悪い虫」がいるなんて気づきませんでしたが……いるんですよ、軽井沢には気持ち悪い虫が。黒くて背中が曲がっていて脚が長くてぴょんぴょん跳ねて、カマドウマ類に属するようです。小さいのはコオロギみたいでしたが、二〜三センチぐらいの大きいのになると『エイリアン』のように見えて無気味で嫌でしたね。たたくと膿みのような体液で壁や床が汚れるし、こいつが室内のいたるところに潜んでいましてね。湿気を好むから、地元のひとたちは「シッケムシ」とか「シケムシ」と呼んでいましたが、私たちはその動きから「ピョンピョン」と呼んでいました。妻は虫が大嫌いでしたから見つけると大騒ぎでしたが、私は男ですから冷静に対処していましたけど、それでも寝ているときに顔の上を歩かれたときには、思わずオカマみたいな声をあげて大騒ぎでした。大騒ぎではありましたけど、私も妻も、気持ち悪い虫が嫌だったから佐世保に越してきたわけではありません。虫はがまんできます。嘘もつかないし、欲深くもないし、裏切りもしませんからね。人間が嫌になりました。それも身内たちや身内に近い連中が。

そういうわけで佐世保ですが、遠ざかりたかったのは身内たちとだけではありません。あんなに憧れていた〈テレビの世界〉からも離れたくなったのです。原因を書き出すとまた一冊分ぐらいいろいろありますが、〈時期的〉に、ある先輩の訃報が一番大きいかもしれません。

私たちのギョーカイでは非常に有名な、四人の放送作家で結成された「パジャマ党」というのがあります。主に萩本欽一さんのブレーンとして活躍しながらも、数多くの番組の企画・構成・台本を手がけていました。まちがいなくテレビ史に残る優れた放送作家集団です。そのなかのひとり、シュンジさんと番組作りの過程で知り合い、それ以来「エビちゃん、エビちゃん」と可愛がっていただきました。私はホモでもモデルでもありませんが、仕事仲間の先輩や同輩からは「エビちゃん」と呼ばれています。シュンジさんとはよく飲みました。韓国や台湾系の辛いつまみで飲むのが好きなひとでした。ガタイがよくて、真冬でも皮ジャンの下に白いTシャツ一枚で、酒がまわって熱くなると皮ジャンを脱いで飲んでいました。自宅にも呼んでくれて「キムチ鍋」をご馳走になったこともあります。「葱鮪鍋（ねぎまなべ）」のときもありました。河野洋さんがいました。喰始（たべはじめ）さんがいました。浦沢義雄さんがいました。ギャグの話、映画の感想、小説の寸評、同業者たちの人物評価、オンナの話、ウンコの話……放送作家ばかりなのに、テレビ番組のことは不思議と話題になりませんでした。あのひとたちも〈私の大学〉でした。

そのシュンジさんが「亡くなりました」と、後輩の放送作家から携帯に電話があり、そのとき私は「ツルヤ」にいました。ツルヤは軽井沢では一番大きなスーパーで、きれいで明るくて品揃えが豊富なことで有名です。私が軽井沢に移住してからシュンジさんとは、一緒の仕事がなかったせいもあって、何年も会っていませんでした。後輩の電話によると、なんだか困窮していたとの話で……急にこみあげてくるものがあり、涙がこぼれ出しました。見渡す限りの棚にはモノが溢れているのに……詳しい事情は知りませんが……こんなにモノがあるのに、パジャマ党のシュンジさんほどの放送作家が困窮？　……どうして！　……なんでだよ！　……ひとはそれぞれ、他人にはわからない事情を抱えています。

そのとき私は、妻が家出から戻って間もないこともあり、今後の暮らしのことを考えていましたが、後輩からの電話のあとで決心しました。もういい、あれも終わった、これも終わった。もういい、もう充分だ。祭りは終わった、日も暮れてきた、そろそろ帰ろうかな。妻と犬と、ふたりと一匹でさ、佐世保に帰ろうかな……私が生きてきた原点に帰って、故郷でなにを感じ、なにを考えるか、私にとってこれから一番大切なものはなんなのか、それを確かめよう。あの、エメラルドグリーンの海も見たくなったし。

＊

「これ安いんじゃないか？」

「いくら？」

「九十八円」

「キャベツ九十八円は安いわね」

「ここ消費税つかないしな。じゃ入れるぞ」

「ちょっと待って。他にもあった？」

「ああ、向こうにあるよ」

「できるだけ重いの選んで」

「わかった」


私は自ら天秤になって右手にキャベツ、左手にキャベツ、どちらが重いか比べます。大きくても軽かったり、それより小さくても重かったり……小さくても重いほうを選びます。『舌切雀』のおじいさん方式です。重いほうが、みっちりぎゅうぎゅう葉がたくさんあるからです。私は「輝け勝ち抜きキャベツ合戦」をひとりで企画し、ひとりで実行して、優勝したキャベツを手にして、妻が押している買い物カートのかごに入れます。


「納豆まだあるか？」

「あるけど」

「じゃいいか」

「安いのがあったの？」

「うん、三パックで半額シールが貼ってある」

「大豆は？」

「国産。遺伝子組み替えでもないよ」

「じゃ買っとこうかな」

「日づけ確かめようか」

「いいのそんなの。納豆だったら冷凍しとけばだいじょぶだから」


いつもは三パック百十円の納豆に、半額シールが貼ってあるのを再度しっかりと確認して、魚を選んでいる妻のところへ持って行きます。軽井沢にいるときから、ふたりで食料の買出しにはよく行っていましたが、あの頃は値段なんか気にしませんでした。妻はどこでどんな生活をしようが、ブレないひとでしたので、フリーランスの放送作家としての私の収入が多かろうが少なかろうが、なにを買うにも吟味して、できるだけ安くていいものを買っていました。私はブレていました。収入が多いときは胸を張り、少ないときは背を丸めていました。軽井沢に住んで東京のテレビ局で仕事をしていた頃は、同じ品物なら安いのよりも高いほうを手に取るようなところがありました。見栄っ張りでした。少しでも安いのを選んだり、二割引き、三割引きのシールが貼ってある品物を手に取るのは恥ずかしいとさえ思っていました。ましてや半額シールの品物など、見ることさえ私の気高いプライドが許しません。一瞥だにしませんでした。バカでした。放送作家としてそこそこ売れていましたし、ジャガーにもベンツにもBMWにも乗って調子にも乗っていました。木にも登っていました。バカでした。父と母と叔母のことを忘れて……バカバカバカバカ、バカ四つでした。で、いまは佐世保です。本州最西端です。いわゆるテレビの仕事なんかありません。もっともいまの東京キー局の番組でも「あんなのしか作れないいんじゃもういいや」という気持ちもありましたが、気持ちや気配りはいくら使っても減りはしませんけど、お金は減ります。減ったら困ります。困っても入ってこないなら、なるべく出ないようにするしかありません。見栄を張ってはいけません。風呂敷は、広げるよりもたたんでおくほうが身のためです。「おまえさん、物事はうちわうちわに考えるんだよ」という『火炎太鼓』のおカミさんの教えもあります。それが日本人の正しい生き方です。落語は為になります。

キャベツ一個、納豆三パックにも、私は真剣です。私は見栄っ張りでお調子にも乗りますが、一度真剣になったら、案外真剣です。他の女性に真剣になって、妻に真剣を突きつけられたこともあります。相手がどんなプロデューサーやディレクターでも、ギャグひとつ、コント一本にも妥協するのは嫌でしたし、いまは相手がどんなスーパーでも、キャベツ一個、納豆三パックにも妥協するのは嫌です。

どこのスーパーでもいいんですが、年の頃なら六十前後で、どことなく垢抜けしている雰囲気があって、遠目で見ても、「あのひと若っかときはイケメンやったっちゃなか」というような男が半額シールを血眼になって探していたり、見切り品コーナーで春菊ひと束、パプリカ一個でも税関のような鋭い目つきで真剣に、買おうかどうしようか検討していたら、それは私です。そういう場合でも、「本読んだばい」とか「サインばしてくれんかね」などと、ベタな佐世保弁で声をかけないでください。恥ずかしいですから。ただし、こういうことで声をかけていただくのは大歓迎です。「きょうは豆腐が半額ですよ」。

＊

「見て、ぴっかぴか」

「ひかってるもんな」

「それでこの値段よ。どっちがいい？　フライか煮付けか」

「そうねぇ、どっちもいいけど……寿司で一杯やりたい気もするしなぁ」

「お寿司とフライじゃ合わないから……じゃこれは煮付けにして、お寿司も買ってかえろうか」

「いいね、そうしよう」

「ここの海鮮巻はボリュームあるわね」

「でけぇよな。中身みっちりだし、安いし」

「お寿司の詰め合わせだって、こんなにいろいろあって……特選だって九百八十円……ひとり四百九十円よ」

「買おう買おう、見るからにネタ新鮮だし」

「バッテラもあるわよ」

「いいねぇ、バッテラ大好き」

「ちょっと、こっちこっち」

「なに？」

「これこれ、これ見てよ」

「イサキか、旬だな」

「どれくらいあるかしら？」

「三十センチ以上はあるんじゃないの」

「そうね、それくらいあるわね。地元長崎の海でとれて……四百八十円だって」


長崎県の海岸線の長さは日本一。北海道よりも長いんですね。佐世保から五島列島までは定期船があります。平戸島には車で行けます。渋滞なしで約三十分。大島にも車で行けます。定期船は黒島にも、高島にも、松島にも、池島にも通います。我が家からでも車で十分も走れば、そこはもう海。ふたりと一匹の散歩コースには、何隻もの漁船が舫ってあります。こういう町の市場やスーパーに並ぶ魚介類を、妻が料理してくれます。妻は料理が得意です。おそらく、「私は料理が得意よ」と公言しているひとたちの八割以上よりも、妻のほうが得意でしょう。味だけではなくて、器の選択から盛り付けまでのセンスがいいし、後片付けの手際も見事です。しかも栄養士の資格もありますから、鬼に金棒……ちがいます、表現をまちがいました。妻が鬼で金棒もって立っていたら恐いです。「かかあ大明神」にフライパン。

軽井沢時代に、我が家の夕食に小説家の唯川恵とそのご主人を招待したときに、唯川さんが料理が並んでいるテーブルを見て、味をみて、「奥さんって料理研究家みたい」といっていました。さすが直木賞と柴田錬三郎賞を受賞している小説家だけあって、目も、舌も確かです。

軽井沢でも人気のあるホテルの、総支配人でソムリエでもあるひとを招待したときも、妻の料理を気に入って「また呼んでくださいよ」と会うたびに何度も催促されましたので、恩着せがましく何度か招待しました。実は、そのソムリエが持ってきてくれるワインを飲みたいのもあったんですが。

いま佐世保で毎日飲んでいる我が家のテーブルワインは、ペットボトル千八百ミリリットル七百四十円の赤ワインです。このワインをデカンタに移します。この、デカンタに移す行為が大事なんです。このひと手間が人生を豊かにします。できればデカンタだけは、いいものを使用してください。グラスも同じです。これだけで味が変わります。気分も豊かになります。ペットボトルのワインが、2003年物のワインになる……ような気がします。生活には気分も大事です。そうしたワインを自宅であなたが、奥さんにデカンタから注いでもらったら「メルシーマダム」といってみましょう。気分はイブ・モンタンです。ペットボトルのワインでも、飲む相手次第、飲み方しだいでいくらでもおいしく飲めます。

野菜類はほとんどが九州産。スーパーによっては長崎産の地場野菜のコーナーもあり、そういうスーパーがいたる所にあり、市場もあります。私たちが初めて〈生活者〉として佐世保の市場をのぞき、いくつものスーパーに入ったときに、横浜時代ほど、軽井沢時代ほどの収入がなくても、この町で生きていけると実感しました。いまの私たちには、そうした市場やスーパーでの買い物が〈レジャー〉になっています。

そうして買った食材をエコバックに積めて、意気揚揚と帰宅するときの、両手に下げたバックの重さが嬉しいんです。生きている幸せを感じます。エコバック一杯の幸せです。

*

「なに笑ってんだよ？」

「だって」

「だから、なんなんだよ、笑ってないで教えろよ」

「これよこれ、これ買ったの」

「ジーンズか、珍しいな」

「佐世保なら、はいてもいいよっていったじゃない」

「うん、佐世保はジーンズ似合うからな。いくら？」

「三百円」

「えっ？」

「三百円」

「ジーンズが三百円？」

「三百円。あんまりはいてなかったみたいでね。試着したら私にぴったりなのよ。うれしくなって買っちゃった」

「そりゃ笑うよなぁ」

「まだあるのよ」

「ジーンズか？」

「じゃなくて……ジャーン」

「おお、似合いそうなカーデガンじゃない。それも三百円か？　……また笑ってるよ。いくらだったんだよ」

「百五円」

「なにっ！」

「ひゃく、ごえん」

「ひゃく、ごえん？」

「そう、百五円。よく調べたけど、どこも痛んでないし、安売りメーカーのでもないしね。いいでしょ?」

「うん、いい、似合うよ」

「でね……」

「また笑ってるよ。まだなんか買ったのか?」

「ううん、買ったのはこれだけだけど、このカーデガンね、レジでわかったんだけど、セールの対象品だったのよ」

「セールって、いくらリサイクルでも百五円なら充分にセールだろ」

「だけど、セールはセールだからね」

「いくらセールでも元が百五円だからなぁ……半額はないだろうから……また笑ってるよ。何割引きだったの?」

「七割引き」

「なに! 七割! 七十パーセント! ……いくら?」

「三十一円」

「もってけドロボウ。そのカーデガンが三十一円!」

「佐世保っていいよねぇ」

「よすぎるよ。これから〝ブティックサセボ〟ってよぼうぜ」

私が、きょうはフジにTBS、明日はテレ東、NHK、あさって日テレ、テレ朝と、東京のテレビ各局や制作プロダクションを口ひげ生やし顎ひげ伸ばして飛び歩きながら、ときにはあんな奴やこんな奴と喧嘩しながら台本を書きなぐって渡したあとは、渋谷・赤坂・六本木と朝まで飲み歩いていた頃を知ってるひとたちは、信じられないでしょうね。ヒロオカ、ヒデキ、ヒガシ、カトウ、イイダ、チャダ、これって実話だぜ。

古着屋（リサイクルショップ）で妻が、三百円のジーンズと三十一円のカーデガンをゲットして笑いながら喜んだお店以外にも、行きつけの古着屋がいくつかあります。私たちはそういうお店を総称して〝ブティックサセボ〟と呼んでいて、佐世保にきてからはそういうショップを利用するようになりました。私はともかく、妻の名誉のために書いておきますが、妻はセンスがよくてオシャレです。小柄ですがスレンダーで、ショートヘアが似合うひとです。これは主観ではなく、客観です。ウソだと思うなら「いーぜる」にいるジュンコちゃんや「はせ吉」のママに聞いてみてください。

他の本にも書いたことがありますが、妻は西洋アンティークや古伊万里などの骨董品を見る目がありますし、それは高い安いの値段で判断するのではなくて、いつも自分の美意識で購入を決めます。結婚して四十年、それは変わりません。妻は確かな審美眼をもっていながらも、飾り気のない女性です。その造形がおもしろければ、たとえ瓦の破片でも拾って帰り、上手に生活に利用します。東京銀座の和光に入っても、軽井沢のフェラガモショップに入っても、佐世保の古着屋に入っても、妻の態度は変わりません。ブランド名に惑わされることなく、ほんとにいいもの、必要なもの、似合うものを識別するアンテナだけを張って、あとは自然体でゆっくりじっくり探すだけです。そういう妻に感化されて、私も〝ブティックサセボ〟でダッフルコートをゲットしました。「グローバーオール」です。新品なら六～七万ぐらいでしょうかね、四千円でした。「よれ具合」がいい感じです。還暦も過ぎると、新品を着るのはちょいと恥ずかしいなと思うようになりました。私も妻もいまだに二十年前、三十年前のジャケットやセーターや靴を愛用しています。ファションにも人生が出ます。「人は生きてきたように服を着る」……よれたグローバーオールも、これを着て初めて会ったひとが「自分が好きないい物を長年愛用している、ほんとにオシャレなひとなんだな」と思ってくれそうな予感がしたので、買いました。口に出していってくれたひとはまだ誰もいませんが、称賛の視線は充分に感じています。ヘリンボーン地でモスグリーンのダッフルコートに、妻が東京・自由が丘のリサイクルショップで買ってきてくれた「バーブァー」のバックを斜めがけにして、寒風のなかを颯爽と歩いている男がいたら、それは私です。そのときは声をかけてください。「そこのスーパーで納豆半額で売ってたよ」とか「小松菜の見切り品がありましたよ」とか。

　妻との古着屋めぐりは楽しいんです。よく神田の古本屋めぐりもしていましたし、妻は骨董市の常連でした。軽井沢に越してからも西洋アンティークショップや信州各地の骨董屋めぐりもしていましたし、佐世保の古着屋めぐりも、そんな感じなんです。わかるかなぁ、わかんねぇだろうなぁ、オレが夕やけだったころ、弟は小やけだった。イェ～イ。

先ほどから妻のことを恥ずかしげもなく「審美眼がある」とか「オシャレ」とか書いたり、自分のことを「若っかときはイケメンやった」などと故郷の方言で書いたりしていますから、なんて嫌な奴なんだろうと反感をもった読者は多いと思いますが……私はもう、やめたんです。なにをやめたかって？　謙虚にしたり、謙遜するのを、やめたんです。そういう気持ちが大切なのは知っています。父にも母にも叔母にも、有言、無言のうちに教えられてもきました。充分にわかってはいるんです。でも、やめます。こっちが謙虚にしていると、嵩（かさ）にかかって偉そうにしてくる奴がいるんです。こっちが謙遜していると、舐めてかかって無礼なことをいったり、したりする奴がいるんです。そういう奴に限って、自分がそういうことをいった、したという自覚がないんです。自覚できるだけの感性も知性も教養も想像力もないんです。だからもう、私は容赦しません。謙虚にもなりません。謙遜もしません。当たり前のことを、当たり前にいいます、書きます。きれいなものはきれい、汚いものは汚いと。でもそれは、相手次第ですよ。あなたには優しくしますよ。だってあなたは、自分だけの利益のために姑息なことはしないでしょ？裏切らないでしょ？そういうひとには、うんと優しくしますよ。

時代劇で「てやんでぇべらぼうめ、こっちが下手に出てりゃいい気になりぁがって」というせりふがありますね。『大工調べ』のなかにも似たようなせりふがあります。私はあの落語の、古今亭志ん朝さんの啖呵が大好きです。聞くたびに胸がすかっとしながらも、胸が熱くなるときがあります。あの落語の「頭の政五郎」が好きです。ああいうひとに、私はなりたい。おまえは、宮沢賢治か！　私は、Wけんじが好きでした。

＊

私たちは温泉も好きです。横浜に住んでいるときは、よく箱根や伊豆に行きました。一泊、二泊と家族旅行を兼ねて温泉めぐりをするときもあれば、日帰りもありました。日帰りのときは箱根の「天山」です。私は自分でスケジュール管理ができる自由業ですし、妻は専業主婦ですから、祝祭日の人込みを避けたかったので平日利用ばかりでした。それでも込んでいるときが多かったですね。込んでいるのは湯船ばかりではありません。道路も込んでいることが多かったですね。ナビのない時代でしたので、経験と勘に頼って、「東名」と「西湘バイパス」と「イチコク（国道一号線）」をどう組み合わせて走るか……勘が当たるときもあれば外れるときもあり、横浜の自宅を朝食後に出て、温泉に入って、少し遅いお昼を済ませて戻ると、横浜が近くなるにつれて慢性的な渋滞に巻き込まれたりして、もう夕方です。いつも一日がかりで、温泉に入っているよりも車を運転している時間のほうが長かったのですが、それでも満足していました。

信州は、箱根以上に温泉が豊富です。軽井沢にもいい温泉があります。私たちがよく利用していたのは、「トンボの湯」と「千ヶ滝温泉」。どちらも自然に囲まれたロケーションといい、湯量も泉質も露天の風情も、けっこうでした。なかでも特にけっこうだったのが、自宅からの距離。どちらも車で二十分ぐらい。避暑地ですからシーズン以外は渋滞なし。横浜時代よりも満足していました。

佐世保では、武雄温泉や嬉野温泉まで行くしかないかとあきらめていました。ところがどすこい稀勢の里じゃなくて、ところがどっこい、あるんですよ佐世保にも温泉が！「山暖簾」と「花みずきサスパ」ってのが！　私たちは箱根の温泉よりも、軽井沢の温泉よりも、気に入っています。と書くと、「ウッソー！」と叫んだひとが全国で三万人ぐらいはいるでしょうね。この本はそんなに売れてないか。全国で……三十人はいるでしょうね。ま、そんなことより佐世保の温泉「山暖簾」と「花みずきサスパ」の魅力についてです。


「はいどうも、温泉マニアの、湯あたり二郎です」

「相方の、湯上り三助です」

「いやぁ、ほんまに温泉はええな」

「そりゃええにきまってるがな。疲れとれるし、体きれいなるしな」

「おまえ、どこの温泉が好きや？」

「オレはやっぱり、箱根の天山がええな」

「天山か、確かに天山はええ温泉やけど、オレは軽井沢の、トンボの湯か千ヶ滝温泉がええな」

「ああ、あそこもええな」

「ええやろ、避暑地やで避暑地、避暑地の温泉やで」

「ごっつオシャレやないか」

「オシャレやろ」

「おまえらアホか！」

「だれや？」

「垢まみれの臭太郎や」

「垢まみれの臭太郎！」

「誰や？」

「おまえ温泉マニアのくせして知らんのか？」

「知らん」

「あかんたれやなぁ。垢まみれの臭太郎いうたら、温泉マニアのなかじゃ伝説のひとやないか」

「道聞かれたらていねいに教えたり、横断歩道でしらんおばちゃんの手引いてあげるひとか？」

「そら親切なひとやろ！　オレがいうてんのは伝説！　伝説のひとや！」

「どんな伝説や？」

「日本中の温泉のこと知ってて、あのひとが入った温泉は、千年は繁盛するていわれてんのや」

「あのひといくつや?」

「さぁ、六十ぐらいとちゃうか」

「千年繁盛したかどうかわからへんやないか!」

「そこが伝説やないか」

「ああ、そうか……なんで垢まみれていわれてんのや?」

「あのひとはな、どんな有名な温泉でも、ちょっとでも気にいらんことがあったら、どんなに接待されようが、どんなに金積まれようが入らへんのや。せやさかい、温泉にめちゃ詳しくて、ごっつ温泉は好っきやけど、日本全国温泉行脚の旅を続けながら、気にいった温泉が見つかるまでは普通の風呂にも入らへんし、シャワーも浴びへんから垢まみれなんや」

「きれいやないか! 肌ぴかぴかつやつやしてるし、髪もさらさらやで……ええ匂いもするし、湯上りとちゃうか」

「ほんまや!」

「いまごろ気づくな! さっきから見てるやろ!」

「この匂いは……花王のニベアとシーブリーズ! ほんまに湯上りや!」

「おまえら、そないに驚かんでもええやろ。佐世保にええ温泉があったから入ってきたんや」

「えっ! 佐世保に! 伝説の垢まみれ臭太郎さんが気にいるような温泉があるんです

か！」

「ある。山暖簾と、花みずきサスパや」

「山暖簾と！　花みずきサスパ！」

「どっちもええ温泉やで」

「どこが、どう、ええんですか？」

「まず、山暖簾や。露天風呂から見える山の景色がええ」

「景色やったら箱根もええですよ」

「軽井沢もええで」

「山暖簾は佐世保の中心地から車で三十分ぐらい。しかも、畑や田んぼの田舎らしい風景が続くカントリーロードも気持ちええし、いつでも渋滞なしで時間どおりに到着や」

「負けた……天山は三十分じゃ行けん」

「箱根は負けても、軽井沢は負けしまへんで。軽井沢は車で二十分でっせ」

「ごまかすな！」

「えっ、なにをです？」

「避暑地の軽井沢は、ゴールデンウィークと夏休みは町内どこでも大渋滞するやないか！普段は二十分で行けても、一時間以上かかるときもあるやないか！」

「負けた」

「しかも冬は三ヶ月も雪と氷で道はツルツルガチガチ、気温はマイナス十度以下。そないなときに、外に出るのも運転も嫌やろ！　温泉行きたくてもおっくうやろ！」

「重ねて負けた」

「しかも、山暖簾は安い」

「いくらですか？」

「五百二十円や」

「箱根天山は千三百円。もうひと風呂あって、そこは千百円……どっちも負けた」

「トンボの湯は千三百円。千ヶ滝温泉は平日千百三十円、土日は千二百四十円……軽井沢も負けた」

「どうや？　佐世保の山暖簾はええやろ？」

「山暖簾には負けたけど……サスパには負けへんで！」

「オレもサスパには負けへんで！」

「サスパは、塩湯や」

「いきなり負けた」

「塩湯には勝てん……オレも入りたい」

「せやろ。箱根にも軽井沢にも塩湯はないやろ。フルネームでいうと、九十九島温泉花みずきサスパは、入り江のそばにあって、いかにも海の温泉や。佐世保らしい温泉や。わしはそこが気にいった」

「そこも、近いんでしょ？」

「当たり前田のクラッカー。中心地から車で十分か十五分ぐらいや。当然ここも、一年中渋滞もないし、佐世保やから冬でも寒くないし、雪もない」

「負けた……ええなぁ、寒うのうて雪もないのは」

「せや。高速代もかからんし、サスパの料金は八百円や」

「料金でも負けた」

「オレも負けた」

「おまえらに、とどめ刺したる。覚悟せぃよ。サスパには、熱い塩湯とぬるい塩湯と冷たい塩湯があるけど、冷たい塩湯、つまり天然冷泉は、めちゃごっつサイコーや。わしが思うに、日本一の！　天然冷泉嗚呼気持ちええ冷っこい冷っこい塩湯温泉とちゃうか」

「長いわ！」

「熱い塩湯でようあったまったあとで入ると、生き返るでほんま。悟空との戦いで傷ついたベジータも入って生き返ったそうや」

「ほんまですか！」

「ウソや。それはウソやけど、ほんま、サスパの塩湯はええで」

「入りとうなったな」

「オレも」

「佐世保には、山の温泉・山暖簾と海の温泉・サスパがある。少し足を伸ばせば、早岐には「うずしお温泉」、ハウステンボスのそばには「ばってんの湯」、川棚には大村湾を見下ろす「しおさいの湯」、平戸には海峡を行き交う船舶を眺めながらの「なごみの湯」。いずれも安いし渋滞もなしや。武雄温泉や嬉野温泉も、都会の感覚からすれば近い近い、もう着いたんかって自分の頬つねる感じやな」

「オレ、横浜から引っ越して佐世保に住もうかな」

「オレも、軽井沢から引っ越して佐世保に住もうかな」

「それがええ。みんなこいこい、佐世保はええ町や」

＊

柳家喜多八、桃月庵白酒、柳家三三の三師匠が到着口から出てきました。平成二十七年、五月二十三日のことです。

私が主催している『佐世保かっちぇて落語会』出演のためにきていただきました。長崎空港から佐世保の会場まで、私が運転します。助手席には白酒さん、後部座席に三三さんと喜多八さんを乗せて、一時間ほどのドライブです。落語ファンなら、この状況がどれほど嬉しいかわかるでしょう。自分の車の横に白酒さん、後ろに三三さんと喜多八さんなんですよ！　……わからない読者もいるようですね。じゃ、サッカーにたとえましょうか。あなたがサッカーファンだとして……私の横に香川がいて、後ろには本田と釜本がいるんですよ！　ネ、この状況のすごさがわかったでしょ。

高速道路は使いません。以前、同じように白酒さん、鯉昇さん、扇遊さんを乗せていたときに車中の会話が楽しすぎて、豪雨のせいもあったのですが、降り口を見過ごして佐賀県まで行ってしまったことがあります。それ以来、一般道を走ることにしました。一般道だと、大村湾に沿って走ります。この大村湾の景色がいいんです。とてもいいんです。大村湾を眺めていると師匠たちも気持ちがいいのか、そのうち落語協会内部の話がでたり、ほかの噺家さんの噂話になったり、車内はかなりいい感じでほぐれてきて、三人それぞれにリラックスされていました。穏やかな海の景色のおかげでしょう。大村湾は和みの海です。

湾沿いに佐世保と長崎を結ぶ線路がありますが、その途中の駅に「千綿駅」があります。小さな木造の駅舎ですが、線路の向こうには大村湾が拡がっていて、実にいい雰囲気。絵になります。映画のロケ地に最適ですよね……なんて話をしたり、川棚あたりでは「人間魚雷」の説明をしたりしているうちにハウステンボスを過ぎ、大塔から「西九州自動車道」を利用して、いよいよ「天神山トンネル」です。いよいよ、いよいよ、いつも私が通るたびに師匠方に自慢している佐世保の景色が見えてきます。もうすぐです、もうすぐ、もうすぐでこのトンネル出ますからね……出ました！　どうです！　ここが佐世保です！　ジス・イズ・サセボ！　ひどい発音ですが、「これが、佐世保ならではの景色なんですよ」。三三さんは「ヘェー」、白酒さんは「ホゥ」、喜多八さんは何度か通っているのでた声でひとこと、「オゥ」。

「……」。以前きてくれた志の輔さんは、トンネルを出た瞬間に佐分利信のようなしわがれた声でひとこと、「オゥ」。

左に米軍の艦船や自衛艦や五島行きのフェリーなどが浮かぶ港が見えて、右には小・中・高と遠足のたびに登らされた烏帽子岳があり、正面には弓張岳が見えて……「佐世保って、ああいう山と海に囲まれてましてね。見てのとおり海も山もある贅沢な町なんですよ」。このあたりから、私は観光ガイドに変身します。会場入りするにはまだ時間的に余裕があったので、三人を「パールシー」に案内することにしました。自動車道を「佐世保中央」出口でおりて右折し、鳥居のある「米軍基地」入り口前から右へ道なりに曲がり、「SSK（造船所）」を見ながら走ります。巨大なクレーンが、まるで野外展示のオブジェのようにいくつも林立していて、ドッグ入りして修理されているタンカーや完成前の船舶なども剥き出しで見ることができ、いかにも佐世保ならではの風景です……「観覧席作って子供たちに見せれば喜ぶだろうに」「こういうの子供たち好きですよね」「大人も好きなのいるだろう」「行政にそういう発想があればいいんだけどな」などと四人でワーワーいうとりますうちに……小さなトンネルを抜けると、左前方に見えてきました、佐世保市民の自慢で、私も大好きな「鹿子前パールシー・リゾート」が。

軽井沢時代に知り合ったひとにヨットマンがいまして、佐世保まで遊びにきてくれたときに、パールシーの雰囲気をほめていました。「無理に作ってなくて、海岸線の自然のラインをうまく生かしてますね。小さいけど、きれいでいいですよ。日本のなかではかなりいいほうじゃないですか」。私よりも年上ながらも現役のヨットマン。地中海までたびたびクルージングに出かけるようなひとです。油壺の仲間たちと今年も出かけた地中海のサルデーニャ島を中心に、50フィートのチャーターヨットで一週間ほどクルージングしている航海日誌を写真とともに毎日送信してくれました。そこには、「世界にはこんなにも美しいヨットハーバーがあるんだ」と感嘆するほどの景色が写っていました。そういうヨットマンがパールシーをほめてくれたのです。嬉しいですね。海を見ながら食べる佐世保バーガーも喜んでくれました。

さて、いずれもヨットよりも「あらよっと」の掛け声が似合う噺家さんたちを案内してパールシーに到着し、私が少年時代によく泳いでいた小さな海水浴場近くに車を止めて、喜多八さんと三三さんが、海を見ながら一服。喜多八さんは、ご自分がパールシーの敷地内にある「海きらら」という水族館でイルカに遊んでもらったことを覚えていました。

あれは、初めて『柳家喜多八・林家正蔵二人会』を開催した翌日。水族館を案内したときの出来事です。喜多八さんと正蔵さんと、もうひとり『旅サラダ』という番組を担当している後輩の放送作家がきてくれていましたが、イルカのプールに行ったときに、あそこのイルカが喜多八さんにばかりボールを飛ばすんですよ。そのボールを喜多八さんがイルカに投げ返すと、イルカはまた喜多八さんに返すんです。他にも見物のお客さんたちがいたのに、イルカがボールを返すのは喜多八さんだけでした。係りのひとがマイクでいいました。「イルカには疲れているひとがわかるんです」。大爆笑でした。

十二年ほど前に、その水族館のなかにある劇場を利用したことがあります。全国のみなさん、水族館のなかに劇場があるんですよ。「劇場のある水族館」……キャッチフレーズになるでしょ？　魅力的でしょ？　なのに！　Uターンして知ったんですが、閉鎖されたんですって。オーマイゴッド！　どうしてそういう残念無念言語道断なことを、一体誰が！乱暴狼藉感性欠如遺憾千万にもするかなぁ。水族館の名称が「海きらら」っていうんですよ。だからそこに劇場があれば「海きらら劇場」……全国のみなさん、なんかイイ感じしませんか？

で、柳家喜多八師匠とイルカの話を思い出してください。水族館の係りのひとがいったんですよ、「イルカには疲れているひとがわかるんです」って。イルカの癒し効果は世界的に認知されていますよね。いわゆる〈イルカセラピー〉です。佐世保には劇場兼イベント会場がいくつかあって、そういう所で不登校児童の問題とか、自閉症や精神的なことで悩んでいるひとたちのための講演会とか勉強会とかがあるんですが、そういうのこそ！「海きらら劇場」でやるべきでしょう！

私の記憶によると、その劇場の客席後方にある両開きのドアを内側から押し開けると……そこがイルカのプールなんですよ！　そこにはあの、清くけだるく美しくも疲れ切った虚弱体質の喜多八殿下を優しく癒してくれたイルカがいるんですよ！　精神的な悩みをかかえているひとたちのための講習会が終わったあとで、会場のドアを開けて無味乾燥な街の雑踏に出るのと、癒し効果のあるイルカが泳ぐプールに出るのと、どっちが精神的にいい効果があるのかわかってんのか！　目をそらすんじゃない！　うつむくんじゃない！　オレの目を見ろ目を！　オレの目を見てどっちがいいかいってみろ！　なんで！　どうして！「海きらら劇場」を閉鎖したんだよ！　責任者出てこい！　……オレは人生幸朗か？

全国のみなさん、どう思いますか？　いや、私が人生幸朗かどうかじゃなくて、そのイルカのプールの向こうには『美しき天然』のモデルになった美しきエメラルドグリーンの海が拡がってるんですよ。白い優雅な遊覧船が横切り、ヨットが見えて、カヌーが浮かんで、見上げればアオサギが、ツ――――ッと飛んできて、木の枝に、ル！　って止まるんですよ。こういう景色が、会場のドアを開ければ目の前にあるんですよ。講演会や勉強会のあとはイルカのショー見学のほうが、街の雑踏に出るよりも、そういうひとたちの〈こころの動線〉がつながると思いませんか？

全国のみなさん、この水族館の癒し効果はイルカだけではありません。イワシにも効果があります。「カルシウムとビタミンDが含まれていて、骨そしょう症を防ぐ効果？」。そうじゃない！　私がいいたいのは……「海きらら」にある、イワシが群舞している水槽のことです。あれは美しい。目もこころも奪われます。癒されます。水槽前の椅子に座って見ているだけで、私も癒されました。癒されたのは私だけではありません。正蔵さんも見入ったまま、しばらく動きませんでした。そのときの正蔵さんの横顔は、しばし無邪気な少年の頃に戻っているかのようでした。日々の精神的な疲れが抜けているようでした。いわゆる〈イワシセラピー〉です。

全国のみなさん、「海きらら」が癒してくれるのは、イルカとイワシだけではありません。クラゲも癒してくれます。クラゲの研究でノーベル賞を受賞された下村博士と佐世保との縁で各種クラゲの展示もなかなか充実していて、その発光しながら漂っている小さな姿を見ているうちに、私の頭の中にはウィンナ・ワルツが聞こえてきて……その小さなクラゲたちに癒されます。いわゆる〈クラゲセラピー〉です。

そうしたセラピー効果の高い水族館が佐世保にあるんです。「海きらら」といいます。その水族館のなかに劇場があります。「海きらら劇場」といいます。水族館のなかにありますから、海を題材にした人形劇や芝居や朗読に最適です。子供たちのピアノやバレエの発表会にも一挙両得、終演後に子供たちは魚観賞も楽しめます。私の友人で、女ひとりコントで人気のオオタスセリとN響第一バイオリンの斎藤真知亜さんとのコラボステージも案外面白いかもしれません。コンサートもいいですね。ここで、小室等の『老人と海』を聞いてみたいな。小室さんと地元のフォークグループとのジョイントもありでしょう。でも、ロック系の大音響はやめましょう。私はロックも大好きですが、水族館ですからね。

全国のセラピー関係のみなさん、こういうところで講習会や勉強会を開催したいと思いませんか？　人形劇や静かな演劇を上演しているみなさん、こういうところで演ってみたいと思いませんか？　ひとり芝居もいいでしょうね。たとえば、小宮孝泰の『線路は続くよどこまでも』。あの胸に迫るエンディングを、こういう海辺の劇場で見てみたいな。ピアノ一台、ギター一本で音楽活動をしているみなさん、こういうところで演奏し、歌ってみたいと思いませんか？　地元のひとだって大いに活用してください。「海きらら劇場」は水族館のなかにある全国でも珍しい劇場です。佐世保らしいオリジナリティのある「海きらら劇場」へみなさん、ぜひきてくだ……あ！　もう閉鎖されたんだ！　ああ、もったいないもったいない。こういう、その地方独特の、オリジナリティのあるものから地域再生・地方創生ってのは始まるんじゃないんですかね、石破さん。石破さんは放送作家仲間ではありません。政治家の石破茂氏のことです。知りませんけどね。

＊

柳家喬太郎、春風亭一之輔両師匠が到着口から出てきました。平成二十七年五月二十四日のことです。

前日は柳家喜多八、桃月庵白酒、柳家三三の三師匠を長崎空港まで迎えにきましたが、この日はこの両師匠です。私が主催している『佐世保かっちぇて落語会』が十回目となり、その記念として二日連続の公演にしたのです。ふたりなので後部座席に乗ってもらいましたが、両師匠ともにお疲れのようでした。特に喬太郎さんにはその顔色、表情に疲れが見えていました。

佐世保までのドライブコースは前日と同じように大村湾に沿って走ります。この日も天気は良くて、大村湾を眺めていると師匠たちも気持ちがいいのか、バックミラーに映るおふたりは……ぐっすりとお休みでした。穏やかな海の景色のおかげでしょう。大村湾は眠りの海です。

「千綿駅」が近づいてきたので、ここのロケーションの良さについて説明しようと思いバックミラーを見ると……ふたりともぐっすりとお休みでした。そっとしておきましょう。ハウステンボスを過ぎ、大塔から「西九州自動車道」を利用して、いよいよ「天神山トンネル」です。もうすぐ、もうすぐです。佐世保自慢の海と山の景色について説明しようと思いバックミラーを見ると……ふたりともぐっすりとお休みでした。そっとしておきましょう。自動車道を「佐世保中央」出口でおりて前日は右折しましたが、この日は左折し、ぐっすりお休みのふたりをそのままホテルに案内して、ひとまずチェックインしてもらうことにします。

本番では、両師匠ともに大いに会場を沸かせてくれました。車中でのお昼寝が功を奏したのでしょう。落語会を成功させるためには、お昼寝も大事です。出演者の気分や体調を察して、エディ・マフィーのような多弁な観光ガイドになるか、ジェイソン・ステイサムのような無口な運び屋になるか、そういうことにも主催者は、敏感で臨機応変でなければいけません。

私はこうした師匠方と落語会を開催しながら、子供たちと稽古をしながら、仲間たちと一緒に楽しみながら故郷で暮らしています。今年で五年目になります。当初の三年間はお試し期間といいますか、軽井沢と半年間ずつ住み分けていました。その間に、佐世保で落語会が続けられるのか、妻と暮らしていけるのか探りながらも……続けられる、暮らしていける〈実感〉を得たので、二年前に住民票も移し、四十年ぶりに佐世保市民に戻りました。戻ってこられたのは、ひとえに妻のおかげではありますが、高校時代からの友人たちのおかげでもあります。

＊

「そういうわけで、なんか軽井沢が嫌になってきたし……冬の寒さもきつくなってきたしな。雪かきもつらいし、暖房費もかかるしさ」

「暖房費っていくらや？」

「月に十万かな。だいたい四か月ぐらいはそんなもんよ」

「佐世保じゃ十万も出したら、よか家ば借りらるったい」

実家はすでにありません。電話で話していた友人からのアドバイスを受けて、とりあえず冬季限定で佐世保に住んでみることにし、不動産業の知人もいましたので、賃貸物件を探してもらいました。妻も大賛成。「犬も一緒」が最優先の条件でしたので、環境の好みについてはあまり無理はいえませんでしたが、申し分のない物件でした。小高い山の中腹に建つ東南向きの賃貸マンション。初めてなかに入ったときは、ひと目で山と市街地と海が見渡せるその眺望に、私も妻も驚喜しました。特に私が育った団地の部屋には窓がふたつしかなくて、ひとつの窓を開けると目の前は刑務所の塀。もうひとつの窓を開けると同じ団地があるだけでしたから、「驚喜」という言葉を使っても大げさではないでしょう。気分はリゾート、いまもそんな感じです。

ベランダに出て、旅番組のようにカメラを左からゆっくりとパーンしてみましょうか……遠くには、信州の山ほど高くはないけれど、それでも充分に美しい稜線を見せてくれる山々が連なり、その山々の手前に重なるような山があり、さらに手前にもうひとつ山があり、その山が高校の校歌にもある烏帽子岳。その思い出多き山が正面やや左に見え、なだらかな斜面には一戸建てが点在していて、そうした家々よりもマンションやビルが増え始めると、長いアーケードが続く思い出多き繁華街と平行している国道があり、そのままカメラを右へパーンしていくと、私の青春列車だったブルートレイン「特急さくら」が発着していた思い出多き佐世保駅。そこから右に見えるのが自衛艦や五島列島行きのフェリーが行き交う佐世保港……ジス・イズ・サセボ！　相変わらずひどい発音ですが、景色は素晴らしいです。なにが素晴らしいかって、目の前に、電線が一本も見えないのです！電線マンは好きでしたが、電線は大嫌いです。どんなにいい景色でもあれが見えると、この手で引きちぎりたくなります。感電しますからやりませんが、それくらい嫌いです。でも電気があって助かっています。電気関係のみなさん、お仕事ご苦労さま。

その部屋を借りるにあたっては、軽井沢にいて不動産業者とのパソコンでのやりとりだけで決めました。現地は見ていません。その業者を信頼していたのもありますが、決め手は地元にいる友人たちの報告でした。ケンイチ夫妻、マサヒコ夫妻、カラコ夫妻、ノンスケ夫妻……高校時代からの友人とその奥さんたちが全員で下見してくれて、ここなら口うるさい私も文句ないだろうと連絡してきたので、決めました。が、暫定的な仮の宿です。なにもない空っぽの部屋だけど、食卓や家具などを買うわけにはいきません。確実に収入の減ることがわかっている先のことを考えると、無駄使いはできないし、買っても半年後には軽井沢に戻りますから。こういうとき、すでに実家もなく兄弟親戚もいなくて故郷を離れていた私にとって、頼りになるのは地元に根を下ろしている友人たち。「菅鮑の交わり」という故事があります。ことわざ辞典には「お互いを充分理解して信頼しあい、利害によって変わることなどない親密な交わり」と書いてあります。

平成二十一年十二月下旬、車に犬と、妻が使い慣れたフライパンなどの台所用品を積み込んで軽井沢を出るときは、チェーンが必要なほどの雪でした。142号線を走り、「岡谷」でチェーンを外し、そのまま中央自動車道をひた走って中国自動車道の「西宮名塩」のサービスエリアで車中泊し、二日がかりで到着。軽井沢は雪景色でしたが、車をおりて雪も氷もないのが嬉しくて嬉しくて、私がフレッド・アステアで妻がジンジャー・ロジャースだったらタップを踏んで踊りたいくらい嬉しかったですね。それより嬉しかったのは、ドアを開けて、中に入って室内を見回したときです。友人たちも菅鮑の交わりという故事を知っていました……虫除けの「バルサン」を使用してくれていて、炊飯器や食器類を用意してくれていたのは、ケンイチ妻のケイコちゃん。狭いリビングには小さな食卓が置いてありました。マサヒコ夫妻の気遣いです。あとから聞いて知りましたが、新婚当時に使っていたそうです。椅子も二脚置いてありました。テレビが置いてありました。カラコ夫妻が知り合いの電気屋さんから借りてくれたそうです。扇風機のような首振りタイプのヒーターも置いてありました。どちらも中古品でしたが、充分でした。畳の部屋にはノンスケ夫妻が自分たちの学習塾で使用している、短い脚を折って収納できる細長いテーブルを置いてくれていて、翌日にはトイレットペーパーも持参してくれました。別の本に書きましたが、身内たちとの問題やあれやこれやを抱えて軽井沢でイライラムカムカカリカリしていて、ある晩、酒を飲みすぎた私に八つ当たりされた妻が佐世保に家出したときに、慰め、癒し、励ましてくれた友人たちです。

後日のことになりますが、会社を経営しているケンイチが「仕事机もいるやろ」といって、会議室で使うような机と椅子を息子とふたりで運び入れてくれました。「まだ買い物や台所に慣れてないだろうから」といって、戸尾市場の近くに住んでいるフヨウちゃんが、その時々に手作りのカレーやシチューやロールキャベツを差し入れてくれました。長崎市に住んでいるアツシ夫妻が、わざわざお米と家庭菜園の野菜を届けてもくれました。犬の縁で知り合った母子が、手料理を持ってきてくれました。佐世保にきて初めて知り合ったのに、自分で釣った魚を自分で調理して届けてくれるひともいます。仕事は公務員ながら、自分で打った蕎麦を出前してくれるひともいます。いまこうしてそのときのこと、ひとりひとりの顔、私たちにかけてくれた言葉のひとつひとつを思い出しながら書いていると、ただただありがたくて、こういうひとたちが近くにいる嬉しさがこみ上げてきます。

その後、私たちは軽井沢と佐世保を往復しながら、三年間のお試し期間を体験したあと、軽井沢の土地も家も車も処分して、佐世保に移り、いまも2LDKの賃貸ルームで犬と一緒に暮らしています。前章「その男たち、共謀につき」で書いたように、そういうわけで私が購入した家は6LDKでしたが、そういうわけで妻と犬一匹だけになると、あまりにも無駄に広くて、虚しささえ感じるほどでした。

いまは2LDKですが、エノケンが「狭いながらも楽しい我が家」と唄った歌詞の〈深意〉が実感としてわかります。柳家喬太郎が『歌う井戸の茶碗』のなかに取り入れた気持ちもわかるような気がします。見上げれば、私の青空。晴れた日の港町の空は、高くて、広くて、どこまでも澄んでいます。

この章では「佐世保のいいところ」をいろいろ書いてきましたが、まだまだ書き足りません……菅鮑の友がいて、新鮮な海の幸・山の幸を良心的な値段で堪能できる美味しい店がたくさんあって、港町らしいジャズバーがあって、安心して気楽に入れるスナックもたくさんあって、終電を気にせずに飲めて、タクシーで千円以内で帰宅できて、医療施設は充実しているし、教育関係も私が育ったぐらいですから非常に充実しているし、エコバック一杯に食材を買っても二千円ぐらいのときもあるし、そういう食材で妻が作った弁当を、きれいな白浜に座って透きとおった海と遠くの島影を見ながらふたりで食べていると……こういう所に住みたいなぁとしみじみ思いますね……あ、オレたちもう住んでんだ。

よかった。

第五章

素晴らしき哉、人生に落語

私は現代の子供の教育にこそ、落語が必要ではないかと考えています。CDやユーチューブなどで落語を聞くこと、寄席や落語会で生の高座を見ること聞くことはもちろんのことですが、さらに一歩進んで、人前で落語を演じてみることが、子供の成長過程においてとても大切な経験になるのではないかと考えています。

私は教育者ではないし、その関係者や評論家でもありませんので、いまの教育の現場がどういう状況かはよくわかりませんが、三十年以上も放送作家として、全国の視聴者たちに楽しんでもらうために数多くのテレビ番組の企画を考え、そういう番組の台本を書くことで飯を食ってきた者の〈勘〉として、「落語って、いまの子供たちにこそ必要じゃねぇのか」と考えているのです。

子供たちに問題や事件が起きるたびに、マスコミで報道されます。そうした報道を見るたび読むたびに、私はいつも腹立たしく思っていました。特に、テレビニュースを見ているときに腹立たしく思うことが多いのですが、子供たちの問題や事件が起こった後、テレビ画面に映し出されて報道されるのは、必ず、といってもいいぐらい教育関係者である大人たちの対策会議風景です。それはそれで必要なことなのかもしれませんし、悪いのはそういう会議風景だけ放送すればそれで仕事終わり、みたいなテレビ局の姿勢かもしれませんが……「教育は会議室でするんじゃない！」

このせりふは、『踊る大捜査線』という映画で織田裕二扮する青島刑事の「事件は会議室で起きてるんじゃない！」のパクリです。この映画の脚本家である君塚良一とは若い頃に、その他数人のギョーカイ仲間たちと箱根の温泉に行ったりして遊んでいたので、私がパクっても許してくれるでしょう。でも念のために、カステラでも送っておこう。

子供の教育は、難しいです。私自身、親にとっては育てるのが難しい子だったと思います。私の場合は、他の子とは多少ちがった家庭環境ではありましたが、私も父親として子供を育てた経験がありますし、その難しさは身に沁みて実感しています。だからこそ、私は自分の〈キャリア〉をこれからの子供たちのために、少しでも役に立てられないか、と考えています。「役に立てる」なんていうのは、教育の現場で毎日のように真摯に子供たちと接している先生たちに失礼かもしれませんね。たかが落語を聞いたから、演ってみたから演らせたから、子供の問題が解決できるなんて思い上がった考えはありません。楽観もしておりません。子供の問題は、そんな簡単なことではないことぐらい、私にもわかります。わかりますが、それでも、いまの子供たちには……されど落語が必要です、笑いが必要です、といいたいのです。

いまこの章で初めて、「落語」の次に「笑い」という単語を使いました。それはこれから、子供たちにとっての落語の有効性を説く前に、二十年ほど前に「ＮＳＣ東京校」の創設に講師として参加した私の経験を書いておきたいからです。

「ＮＳＣ」とは「吉本興業」のお笑い芸人養成学校の略称です。私はお笑い系の放送作家を生業にしていますが、落語よりも先に、コントやコメディに夢中でした。そういう番組ばかりを手がけてきました。そういう実績を当時、「ミスター吉本」と呼ばれていた木村政雄さんが評価してくれて、誘ってくれたのです。私の他に講師を務めたのは、日本テレビの五歩一勇さん。タモリの『今夜は最高！』や萩本欽一の『全日本仮装大賞』などを手がけたプロデューサーです。もうひとりは、演芸作家の元木すみおさん。この三人がＮＳＣ東京校お笑い部門講師の、創設メンバーでした。

毎週日曜日に二時間、百人ぐらいの芸人志望の若者たちをプロにするための授業を、「銀座七丁目劇場」で一年間受け持っていました。私が教えていた頃は現役の高校生から大学生までがほとんどでしたが、社会人もいましたし、女性も数人いましたね。なかには得体の知れない若い連中もいて、学校にも行ってないような定職にもついてないようなフリーターというかプータローというか、髪は金髪、耳にはピアス、ズボンは腰パン、目つきは悪くて、こんなのと居酒屋や電車で隣同士になるのは絶対に嫌だと思うような連中でした。居酒屋や電車の中じゃ負けますが、お笑い養成学校の中じゃ私の勝ちです。当時の私は、彼らが毎週見ている人気番組の台本を書いていましたし、彼らが「将来あいうタレントになりたい」と憧れているひとたちと仕事をしていたので、私の言葉には若い奴などが太刀打ちできないほどの説得力がありました。重みすらありました。そのひとことひとことには、プロとしての貴重なアドバイスがありました。ナンチャッテ。

私は実践主義者です。生徒たちのほとんどが友達同士でコンビを組んできていましたので、私の授業内容は一にネタ見せ、二にネタ見せ、三、四がなくて五にネタ見せ。とにもかくにも自分たちで考えた、自分たちがおもしろいと思うネタを演らせました。なにせ初めて会う連中です。漫才だろうがコントだろうがピン芸だろうが、私も見なければ彼らの〈いいところ〉を見つけてやれないし、伸ばすためのアドバイスもできないので、他の生徒たちも見ている前でのネタ見せを繰返し繰り返し実践させました。金髪にピアスコンビも、自分たちの漫才を披露しました。当然つまらないです。その場に居たくないほどつまらなかったです。そのくせワルぶって、カッコだけは一人前でした。「オレらのおもしろさはあんたみたいなオッサンにはわかんねぇよ」みたいな態度に、私は怒りました。どこがどうつまらないか、徹底的に指摘しました。こういうことになると私はしつこいです。でも、「自分たちがおもしろいと思うこと、そのセンスは君たちだけのものだから、それは大切にしなさい」と優しく諭しもしました。でも、金髪にピアスに腰パンファッションのことは怒りました。「それは、君たちの笑いと関係あるのか？　それで笑いをとりたいからそんな格好してるのか？　その格好で笑いがとれて、その格好でデビューができて、その格好に日本中が拍手して、その格好でスターになるつもりなら、オレはもうなにもいわない。ふたりで決めてくれ」

次の週のふたりは、落ちないズボンをはき、ピアスをはずし、黒い髪でネタを披露しました。当然つまらないです。でも、表情がちがっていました。どよ〜んだら〜ん、としていたのが、きりりしゃきーんになっていました。

一期の卒業生に、「品川・庄司」がいます。最初の頃は、それぞれ別の相方とコンビを組んでいました。それぞれのコンビを見ていて「品川はいいけど相方が弱い。庄司はいいけど相方が弱い」。私はプロ養成請負人ですから、こころをデューク東郷にして、それぞれのコンビに、そう明言し、どうするかは本人たちに任せました。その後、品川と庄司がコンビを組んで現在に至っています。

私が講師を引き受けたのは一期生と二期生だけですが、若者たちに〈笑い〉を教えていて気になったことがあり、それ以来ずっと考えていたことがあります。

私が子供たちとの落語会を立ち上げようと決めた動機はいくつかありますが、NSCの講師時代に考えていたことも、そのひとつです。

*

「これからの学校教育には〝漫才の時間〟を取り入れたほうがいいんじゃねぇか」。吉本興業のスタッフに提言しつつ、そういう雑談をしたことがあります。芸人志望の若者たちを教えていて、そう感じていました。二十年ほど前の話です。

養成期間の一年が過ぎて、ゼニになりそうな若者は自社に採用し、タレントとして売り出しますが、それ以外の若者たちは「あんたらいらんわ。ほな、さいなら」でそれっきりです。フリーランスの放送作家である私は、営利企業である吉本興業から講師料をもらっているわけですから同じギョーカイの人間として、そういうシステムが当然であることは百も承知二百も合点ではありましたが、〈それっきり〉の若者たちが気になってもいました。金髪にピアスだったコンビも、それっきりでした。品川・庄司よりもおもしろいと思っていたコンビもトリオもいましたが、家庭の事情や親の反対などで、それっきりでした。二期生までだったので、わずか二年間の経験でしたが……。

「ここにきてみんなの前でネタ見せしているときが、こいつらにとってはサイコーの瞬間じゃないのか」

「学校なんてつまんなかったけど、これがあるから次の日曜まで一週間がんばれるようになったんじゃないか」

「金髪もやめた、ピアスもとった、あいつら、顔もよくなってきたなぁ」

「こいつ笑ったことなかったけど、ネタほめられたら初めて嬉しそうに笑ったなぁ、いい笑顔するじゃないか」

「これじゃ……学校じゃ相手にされないだろうな。たぶん、ここで演ってるときだけが楽しいんじゃないか」

「おッ、あいつ初めて前に出るんじゃないか……おずおずしてるけど……いいじゃないか、おもしろいよ、もっと前に出ろよ」

そんなことを考えながら、彼らを見ていました。彼らのなかには、学校の成績も良くて、スポーツも得意な者もいたでしょう。楽器や絵がうまい者もいたでしょう。でもほとんどの〈私の生徒たち〉は、学業もスポーツも楽器も絵も得意ではないし好きでもないけれど、漫才やコントは好きで、そういうことで自分を表現したい、少し大げさにいうと、表現することで「自己の存在を確認したい」と日々の暮らしのなかで熱望していた者が多かったのではないだろうか。そういう場所を、渇望していた者が多かったのではないだろうか。ネタ見せのときだけが、自分が輝いているときだと自覚していた者も多かったのではないだろうか。もちろん安直にタレントになって、安直に稼ぎたいモテたいと、安直に考えてもいたでしょうが、日頃くすんでいるような者を輝かせるのも教育の仕事だとするならば、そういう者たちに自信を与えるのも教育の仕事だとするならば、吉本のようにゼニになるタレントを育てるだけが目的ではなくて、自己表現の一環として、普通の学校でもこういう授業があってもいいのになぁ……と私は考えていました。考えてはいましたが、そういう〈笑いと教育〉についての実践をするには、私が五十五歳のときに、同い年の妻が、私が寝ている間に家出するまで待たなければなりませんでした……「えっ、なんのこっちゃ抹茶に紅茶」。これは吉本新喜劇の島木譲治の持ちネタです。私は作・演出を十年近く担当していたこともありますので、無断使用しても島木さんは許してくれるでしょう。でも念のために、カステラでも送っておこう。

*

いま私は故郷の仲間や子供たちと一緒に『佐世保かっちぇて落語会』を続けていますが、この会を立ち上げるきっかけとなったのは、妻の家出でした。そのあたりの経緯は別の本で書きましたので、ここでは省きます。「えっ、なんという本かって?」そんな……著者自ら「『佐世保に始まった奇蹟の落語会』という本だぜ」なんて恥ずかしくていえませんよ。

漫才やコント教室ではなくて、落語会になりましたが、今年(平成二十七年)の五月に第十回目を終えました。

回を重ねるたびに、私の考えにまちがいはなかったと確信しています。笑いは、落語は、子供たちの成長過程において、その情操教育において必要不可欠なものです。子供たちと稽古をしていて、子供たちの本番の姿を見ていて、拍手を受けながら子供たちが高座から戻ってくる表情を見ていて、そう思います。落語とはいっても五分ぐらい、長くても八分ぐらいですが、この五分、八分の間、子供たちは輝いています。故郷の明けの明星、一番星のごとくに輝いています。

落語という表現形態は、地味です。地味ですが、カッコイイです。「どこが?」って、「ひとり」ってところがカッコイイじゃないですか。仲間とつるんでない孤独感がカッコイイじゃないですか。『昭和残侠伝』の高倉健みたいじゃないですか。派手な照明や舞台装置を要求しないところがカッコイイじゃないですか。扇子一本ってところが清貧ぽくってカッコイイじゃないですか。なにがあっても他人のせいにできないところが潔よくてカッコイイじゃないですか。そういうカッコイイところがカッコイイじゃないですか。

私は落語を演っているカッコイイ子供たちのことを「落語っ子」と呼んでいますが、この落語っ子たちを見ていて気づいた「子供たちにとっての落語の有効性」をこれから書くつもりでいましたが……「子供たちにとっての落語の有効性」なんて硬い論文みたいな題名の文章は、軟弱なお笑い系放送作家には書けません。軟弱ではありますが、私は実践主義者です。「教育は論文読んでやるんじゃない!」……君塚良一には、もう一本カステラを送っておこう。

記念すべき第十回目は、今年の五月二十三日と二十四日の二日間連続の公演にしました。前座を務めさせていただく落語っ子は、二十三日が主に小学生、二十四日は中学生。落語っ子たちには、教えている私でも毎回のように感心させられることがあります。今回も、ありました。誰もがそれぞれ自分の高座を見事に務めて素晴らしかったのですが、今回は特に、四人の落語っ子が素晴らしかった。これからその四人の落語っ子のことを書きます。実践に即して。

まずは「大家さん」。私は子供たちを落語にちなんだ愛称で呼んでいますが、大家さんは小学五年生。初参加です。もちろん落語を演ることも初体験でしたが……落語的な雰囲気をもっている子で、まずは試しの台本を渡してせりふをいわせてみると、せりふ回しにも独特のおもしろさがありました。トップバッターを誰にするかは毎回迷うところですが、今回は困りました。ネタの内容から出番順を考えると、どうしても大家さんをトップにするしかないのです。でも大家さんは初高座です。でもその落ち着いた雰囲気、稽古中の仕上がり具合から判断して、決断しました。本番一週間前の最終稽古のときに聞きました。「大家さん、トップでいけるか?」……大家さんは少し赤くなって、唇に力をこめたあと、うなずいてくれました。その無言のうなずき方を見て、よし大丈夫、と確信しました。本番当日、大家さんは初高座ながらトップバッターという重責を、見事に果たしてくれました。これは、なかなか出来ないことです。いままでも勉強やスポーツで自信をつけることはあったでしょうが、今回の〈落語体験〉は、いままでとはまったくちがった自信になったのではないでしょうか。小松政夫さんが見ていたならば「あんたは、エライ!」と……知らないか。

次は「お京ちゃん」、中学三年生の女の子です。六回目ですが、今回のネタはむずかしかったと思います。短いなかに登場人物が五人もいますから。本人役、バーガーショップの女子店員、そのショップの男の店長、本人の母親、病院の男の先生。台本をもらったときから、ひとりひとりを表情、言葉の抑揚、仕草などで使い分けようと努力していました。初めからうまく出来るわけはありません。その努力が大切なんです。本番ひと月ほど前には、その努力が実を結びました。ちょっと驚くほど、うまくなりました。私たちのギョーカイでよくいう「化ける」ってやつです。いままでは、せりふに感情を込めるのが苦手なようでしたが、なにがあったのでしょうか、非常にうまくなりました。もちろん本番は、大いに受けました。本人も、自信になったのではないでしょうか。

　次も女の子です。中学一年生の「お咲きちゃん」。六回目の参加です。四回目あたりから、急に表現力がアップしました。お咲きちゃんのネタはシリーズになっています。登場人物は本人役と女将さんのふたりですから、回を重ねるたびに感情移入がしやすいのでしょう。それにしても、毎回うまくなります。安定感があります。だから、本番では安心していましたが……今回初めて、女将さんのせりふに詰まりました。私はヒヤリとしましたが……見事な立ち直り、リカバリーでした。すかさず本人役に戻って、女将さんに、「もう一度お願いします」といったのです。アドリブです。そのあとで、本来の女将さんのせりふを続けました。見事でした。中学一年生です。誰もができることではありません。お咲きちゃんも、自信になったのではないでしょうか。

「見事な立ち直り」といえば、「若旦那」でした。小学五年生、四回目です。初参加のときから物怖じせずに、せりふ回しは歯切れがよくて明瞭で、覚えも早い子でした。いつも安定していましたから、安心していましたが……本番途中で、次のせりふが出てきません。若旦那は大丈夫だろうと思いましたが……まだ黙ったままです。舞台の横から見える表情が、いつもとちがいます。子供ながらも、苦悩の表情です。会場も静かになりました。私はヒヤリをとおりこして、ドキドキしてきました。「オレが台本もって出てやろうか」とまで覚悟していましたが……若旦那は立ち直りました。見事に次のせりふを思い出し、最後まできちんと話して高座をおりました。あそこで崩れず、ほんとに立派なリカバリーでした。私は少し、目頭が熱くなりました。若旦那のお父さんもジィージも「人生苦境のときが成長するんだ」と話されたようです。いい言葉です。若旦那も、苦しくても〈自力〉で立ち直ったことで自信になったんじゃないでしょうか。

＊

五年前から『佐世保かっちぇて落語会』なるものを立ち上げ、主催し、続けていますが、ひとりではできません。私はイベント業者でも代理店でもありませんし、営利を目的とした落語会ではありませんので、無償で手伝ってくれている仲間たちのおかげです。スタッフは主に高校時代の同級生たちで、誰もが故郷へのボランティア精神に溢れた、とても気のいい連中なのですが、誰もがシロウトです。どれくらいシロウトかというと、第一回目にきてくれた「柳家喬太郎」のことを、落語会の中心となっている実行委員の誰ひとりとして知らなかったくらいシロウトです。こういう状況のなかで、私は自分の片腕がほしいと丹下左膳のように願っていましたが……最近ようやく、ひとり見つかりました。第二回目から出演するようになった落語っ子です。稽古場での愛称は「ミキスケ」。初参加は中学二年生のときです。初めて会ったときから、落語が好きで好きでたまらないという雰囲気でした。すでに独学で古典落語のいくつかを覚えていて、ひとの迷惑もかえりみずに知人を集めて聞かせていたそうです。おまえは『寝床』の旦那か！

ミキスケは……あ、断っておきますが落語界の大名跡である「桂三木助」とはなんの関係もありません。その恐れ多い愛称をつけたのは初対面の挨拶をされたときに、その少年の「ケイスケ」という本名を私が「ミキスケ」と聞きまちがえたからです。ただそれだけの単純な理由です。他意はありません。で、ミキスケですが、どんな噺ができるか聞いてみると、『長短』『天狗裁き』『やかん』『蛇含草』……他にもありましたが忘れました。とにかく演らせてみました。初稽古の日には『天狗裁き』。一生懸命でした。色白の顔を真っ赤にして一生懸命でした。「見てください！　聞いてください！　ボクはこんなにも落語が好きなんです！　落語、愛なんです！　落語、ひと筋なんです！　おでんは、牛すじが好きなんです！」。落語への熱い思いが表情に、口調に、所作に、溢れていました。うまいとかへたなんてことは関係ありません。まだ中学二年生です。その熱い思いだけで充分です。稽古のたびに一席ずつチェックしましたが、『やかん』が一番いいように感じました。

後日、ミキスケを紹介してくれたひとから聞きましたが「佐世保に、自分のことをわかってくれるひとがいてくれてうれしい」といったそうです。いまだにお中元もお歳暮も届きませんが。

ミキスケの初高座は、得意ネタだった古典落語の『やかん』を短くしたのを演らせました。古典を演らせたのは彼が初めてです。「ここまで知ってるなら、まずは自分の好きな噺を思いっきりやらせてみよう」と考えたからです。そのときにいろいろ見えてきたので、初高座のあとは、私のオリジナル台本を渡して、いいところだけを伸ばしながら指導してきました。勘違いしているところもありましたが、萎縮するといけないので黙っていました。そのうち自分でわかるさ。

*

平成二十四年六月。高校生になったミキスケも元気に出演した第四回目の落語会を終えて、軽井沢に戻っているときです。当時は佐世保と軽井沢で半年ごとに住み分ける暮らし方をしていましたが、その軽井沢にいるときに、実行委員のひとりから電話があり「高校の校庭集会のときにミキスケが熱射病で倒れて、左半身がよく動かないらしい」との連絡でした。心配ではありましたが、見舞いに行って様子を見ることもできず、軽井沢を拠点にしてこちらでも主催している『信州ずくだせ落語会』の二回目に向けての準備をしなきゃいけないし、その前座を務めさせていただく小学六年生と稽古もしなきゃいけないし……ミキスケは若いから、熱射病ぐらいすぐ治るだろうと楽観的に考えながら、信州で九月に開催する会に集中しておりました。

信州での会を終えて佐世保に戻ったのは、九月三十日。今度は『佐世保かっちぇて落語会』の準備です。第五回目となり、開催日は十二月九日。それまでに、落語っ子たちと新たなネタの稽古をしなければなりません。実行委員からのミキスケ情報によると、熱射病で倒れて以来、高校は休学したままだから、出演は無理だろうということでしたが……ミキスケは、稽古場にやってきました。杖をついて左脚を少し引きずるようにしながら。

本人の話によると、熱射病の後遺症かどうかよくわからないけど、左脚がまだ不自由なので心療内科に通っているとのこと。「それでも稽古をして次の落語会には出たいです」と頼まれましたが……学校には行かないで、落語の稽古には行くというのはまずいだろうから、先生の許可をもらったほうがいいんじゃないか。私が掛け合ってやろうかと提言しましたが、「自分でやります」ということで、その日は見学。

翌週の稽古日に「学校の許可をもらいました」とやってきたので、結果はどうなるかわかりませんでしたが、いままでと同じように稽古を続けて、本番を目指すことにしました。通っているのが「心療内科」ということだったので、そういうときのネタは、まずは本人がしゃべるときに大声出せて、気持ちがスカッとして、思いっきり明るくてバカバカしい内容がいいだろうと考え、登場人物全員が大ぼら吹きばかりの噺を作りました。どういう内容か参考までにそのときの噺を掲載しますが、おもしろいとかおもしろくないとか、そういう騒音を聞く耳を私は持ってはいません。

私の耳は貝のから　海の響をなつかしむ（堀口大学訳・コクトー作）。

*

佐世保ほらふき村

むかしむかし、日本の西の方に、ほらふきばかりが集まって、おもしろおかしく暮らしている村があったようでして……


「いやぁ楽しいなぁ」

「楽しい。うん。実に楽しい」

「酒はうまいし、食い物はうまいし、いやぁ、ほんと、楽しいなぁ」

「人生なにが楽しいかってよ、こうして気のおけない連中と、みんなで持ち寄ったうまいもの食いながら、酒飲んでるときほど、楽しいときはないよな」

「そうだよな。ったく留公の言うとおりだよ」

「(つまんで食べて)このシャケはうまいなぁ。誰が持って来たんだ?」

「オレだよ」

「おう熊さんか。こんなうまいシャケ、どこで買ってきたんだ?」

「買ったんじゃないよ。そのシャケはな、オレが、佐世保川で捕ってきたんだよ」

「ああ、佐世保川か。あの川には、毎年たくさんのシャケが産卵のために上ってくるからな。熊さんはそれを釣り上げたのか？」

「なまどろっこしいことはしないよ。オレが川の中のザブザブって入ってな、上ってくるシャケを、片手でこうやって（仕草）バシャッって！　岸につかみ投げたんだよ」

「熊みたいだな」

「熊だよ」

「（つまんで食べる仕草）このクジラもうまいなぁ」

「うまいに決まってんだろ。オレが持って来たんだぜ」

「こんなうまいクジラ、留さんはどこで買って来たんだよ？」

「買うわけないだろ。オレが釣ってきたんだよ」

「釣ってきた！？　どこで？」

「牧の島だよ。鹿子前から瀬渡し頼んでな。いつものように餌にイソメ付けて、メジナでも釣ろうかと思って糸たらしたら……いきなりガッツーンときてな。釣り上げてみると、それが体長十五メートルはあろうかという、マッコウクジラよ」

「牧の島でマッコウクジラが釣れたのか！？」

「すごいなぁ。そのとき留さんは釣竿一本で、クジラと、真っ向勝負したわけだな」

「つまんないシャレ言うんじゃねぇよ。その日はクジラの入れ食いでな。次から次に
〝マッコウクジラの一本釣り〟よ」

「何頭ぐらい釣り上げたんだ？」

「そうだなぁ、魚篭（びく）に入れてたの数えたら、二十頭はいたかな」

「そのクジラどうしたんだよ？　キャッチアンドリリースで逃がしてやったのか？」

「な偽善的なことはしねぇよ。釣った魚は全部食べる。骨までしゃぶる。それが魚にたいする礼儀だし供養だろ」

「マッコウクジラを二十頭も、どうやって食べたんだよ？」

「まぁいくつかは、きょう持って来たんだけどな。釣ったその日に、米倉のおじさんとこに持ち込んでな。あのおじさんは魚の扱いに慣れてるから、一頭づつ俎板（まないた）にのせてな。マッコウクジラ三枚におろしたり、背開きにして〝クジラの開き〟作ってくれたよ」

「一本釣りした留さんもすごいけど、十五メートルもあるクジラの開き作った米倉のおじさんも、すごいなぁ」

「そんなもんのどこがすごいんだよ。オレなんか、もっともっとすごいぜ」

「おっ、八つぁん。お前の何がすごいんだよ」

「お前らさ、佐々川って知ってんだろ？」

「知ってるよ。春になると河津桜がきれいに咲いて、シロウオ漁で有名な川だろ」

「そのシロウオ漁よ。今年の春に初めてオレもやってみたんだけど、川に沈めたオレの四手網の中にな。シロウオに混じって、でかいのが入ってたんだよ」

「なんだよでかいのって？」

「シロ……ナガスクジラよ。体長三十メートルはあったかな。それがシロウオと一緒に四手網に入ってたんだからさ、さすがのオレも驚いたと思いねぇ」

「(口々に)思う! 思う! 思うよ!」

「八つぁん、やっぱりお前も、米倉さんに持ってったのか?」

「な手間暇かかるようなことはしねぇよ。二杯酢で、一気に踊り食いよ」

「〝シロナガスクジラの踊り食い〟かよ! すげえなぁ!」

「踊り食いってのは、喉ごしのピチピチした感じを楽しむんだってな」

「ピチピチどころじゃないよ。シロナガスクジラだぜ。喉通るときなんかもう……ドッタンバッタンウグウグウグウグドッタンバッタンウグウグ(動き激しく)だぜ。おかげで扁桃腺が腫れて大変だったぜ」

「大丈夫なのかい?」

「大丈夫だよ。早岐の川尻先生に治してもらったからな」

「そいつはよかったな」

「よかったよかったハッハッハッハ」

(高らかに笑って)……なんてことを話ながらも、誰もが毎日楽しく暮らしているという、佐世保のどこかにある「ほらふき村」の一席でございました。

＊

稽古場での会話は……「杖なんかつきやがって、同情引こうと思ってんなこのやろう」とか「まだ杖ついてんのか、おまえは座頭市か」と私がつっこむと、ミキスケはすかさず「おめえさんがたァ、なにかい」と物まねで切り返してきますから「似てねぇよ!」などと言い合いながら稽古を続けました。そのとき稽古場に、私とミキスケの感覚が〈わからないひと〉がいたら、私に怒るでしょうね。「病気してビッコになってるかわいそうな子にひどいこというな!」って。

私はいきなりギャグや突飛な比喩をまじえて話したり、書いたりすることがありますから、聞く力、読む力がない馬や鹿にはなんのことかわからないことがあるようです。テレビ局の番組会議でもプロデューサーやディレクターのなかに、そういうのがいました。なにがおかしいのかわからずボーとしてたり、それでもわかろうと努力するならまだしも、なかには怒る馬や鹿もいます。ほんとに困ったものです。困った馬や鹿は、テレビの視聴者にもいました。作る阿呆に見る阿呆です。そういう番組に出て喜んでいるタレントもいます。『笑点』のことではありませんよ。「阿呆」という言葉は、あくまで「作る」と「見る」への掛詞(かけことば)ですからね。「出て喜んでいる」には掛かっていませんからね。しかも落語家は、タレントではありませんからね。こういうところです、読む力が必要なのは。

私はフジテレビで月に一度放送されていた『火曜ワイドスペシャル・ドリフ大爆笑』の

コント台本を書いていた時期があります。そのときの話を、本邦初公開します。

テレビ局には、放送終了後に視聴者からの苦情の電話がかかってくることがあります。私が会議室にカンズメになって、ディレクターと一緒にアイデアを考え、次の回の台本を書いているときでした。たまたまオンエアーの日だったので、局に電話があったのでしょう、番組担当者がいる会議室にその電話が回されてきました。ディレクターが応対しましたが、相手は中年の男性で、かなり怒っている様子。ディレクターがジェスチャーで教えてくれました。おもしろそうだったので台本を書くのをやめて、私はディレクターのそばで受話器に耳をつけて聞いていました。要約すると……コント内容への抗議です。そのコントの設定は「絵画教室」。志村・加トのコンビが生徒で、モデルはヌード。でも志村と加トには背中しか見えません。ふたりはなんとか前にまわって、見よう見ようとあの手この手。電話の相手はそのコントを「子供と一緒に見ていたが女の裸を出すのはいかん。ああいうコントはやめろ」という抗議でした。だったらテレビ消せよ!

怒りが甦ってきました。こうなったら怒りのままにもうひとつ、本邦初公開。放送日はちがいますが、同じ番組、同じ苦情電話の話です。今度は中年の女性です。コントの設定は「お葬式」。あの番組の名物コーナーだった「もしもシリーズ」のなかの「もしもこんなお坊さんがいたら」。女性の電話を要約すると……きょうはうちのお通夜で、あんまり淋しいからテレビでも見ようということになって、つけたらドリフだった。見ていたら、お葬式のコント。「ああいうお葬式を笑いにするようなことはやめてください」という抗議でした。通夜にテレビ見るなよ！　ドリフ見るなよ！　静かに偲べよ！　追悼しろよ！　どうしても見たかったら『ゾンビ』見ろよ！『バーニーズ』見ろよ！『らくだ』聞けよ！

とまぁ、他にも苦情や抗議はありましたが、それでも、その後も「絵画教室」や「お葬式」はコントにして何度も放送しましたね。あの頃、テレビも笑いも強かった……なんてことを懐かしく怒っていたら、もひとつこんなことも怒りとともに思い出しました。

テレビ朝日で、クイズ番組の構成を担当したことがあります。司会は、西川きよしとマリアン。解答者は各国の在日外国人たちで、問題内容は日本の歴史や風俗や習慣や食生活など、日本を題材にしたＶＴＲ。当時、『なるほど！　ザ・ワールド』がヒットしていたので、その逆をやってもヒットするんじゃないか、という実に安直な企画。解答者のなかに黒人青年がいました。面接したときに、陽気で明るくてノリのいい青年だったので、解答者に採用されました。でも、ほかのイギリスやフランス出身の白人青年たちに比べると正解率が低くて、最下位になることが多かったのですが、それでもめげずに明るいところが番組にとっては魅力でした。正解率の高い低いを操作するヤラセはしていません。あるとき、視聴者から抗議の電話がありました。年配の男性でした。抗議の内容は……「どうしていつも黒人のひとだけ点数が悪いんだ！　いくらニグロだからって差別したらいけないだろ」。

こういう話をすると、「いるよ、いるいる。そういう奴てさ」と必ず他人事のように評論するのや、抗議してきた視聴者のように自分のことは棚に上げて、偉そうに説教はじめる輩もいますが……「うっせぇな！　おまえのことだよバァカ！　バカバカバカバカバカバァカ！　おまえみたいな奴がいっちゃん嫌いなんだよ！　あっちいけバカ！　すまん、大松屋」……ほら、こんなふうに書くとなんのことかわからないでしょ？　いいんです、わかるひとだけにわかってもらえれば。

ミキスケは聞く力、読む力のある少年です。私のつっこみを笑って受け流しながら、しだいに杖がなくても歩けるようになり、本番当日には杖なしで歩けるようになり、無事に高座を務め、見事に復活しました。おまえは火の鳥か！

これも「子供たちにとっての落語の有効性」に関する実践に即した話でしたが、ミキスケが杖なしで歩けるようになったのは、落語のおかげとはいいません。医学的、精神的な因果関係は私にはわかりませんので、そこのところは専門家に分析してもらうとして、本州最西端でそっと開催している『佐世保かっちぇて落語会』にはこういう少年もいて、こういうこともあったということを知ってほしいだけです。

その後ミキスケは別の高校に移り、小中学生を中心にしている落語会は卒業しましたが、私たちの仲間となって手伝ってくれています。プロの目から見て、スタッフとしては一番頼りになります。落語会の本番当日、私は師匠方を空港まで迎えに行きます。その時間帯が落語っ子たちのリハーサルの時間と重なります。そういうことに慣れているのは私だけなので、八回目ぐらいまでは気が気ではありませんでした。でも、もう安心です。ミキスケがいます。空港待機の私と連絡を取りながら、マイクチェックや高座返しなど、子供たちとのリハーサルを済ませておいてくれるようになりました。ミキスケの高座姿を知っている落語っ子もいますので、信頼感は抜群であり、彼ら彼女らにとっては立派な兄さんです。

こうした落語っ子たちのことを楽しみにしてくれるお客さまが、回を重ねるたびに増えているのは嬉しい限りです。落語のライブが初めてのお客さままでも、私たちの会にお越しいただいている師匠方のうまさ、おもしろさ、すごさ、深さ、素晴らしさを初体験されて、顔や名前を知っているとか知らないとかに関わらず、「次回の師匠」を期待される方が増えているのもまた、嬉しい限りであります。来年（平成二十八年）もすでに決めていきます。ご期待ください。

終演後にはいつも、ご来場いただいた方々からメールをいただきますが、今回（第十回記念二日連続公演）たくさんの感想をいただいたなかでも、特に「続けててよかったなぁ」としみじみ思うメールをいただきましたので、その抜粋をご紹介させてください。やっぱ落語ってさ、人生に必要だぜ。

＊

海老原先輩

佐世保かっちぇて落語会の2日間の開催、おめでとうございました。初日は、友人の税理士さんと、友人の親子さん2名をご招待しました。ちびっこも緊張してたけど、一生懸命の姿に感動したとお礼を頂きました。

二日目は、長崎の知人の親子3人で来てもらいました。

ご夫婦で仕事に子育てに頑張ってこられた中に少しだけ楽しい思い出をプレゼントしたところ、大変な感謝のお礼の言葉を頂きました。

二十二歳の発育障害のお嬢さんをご夫婦でお連れになったのですが、腹の底から笑いました。涙も出ました。

本当に家族揃って、一緒に笑ったのは随分ひさしぶりでしたと申されました。

メールで申し訳ありませんが、お礼を申し上げます。ありがとうございました。

＊

ほんと、続けててよかったなぁ……こういうひとたちもあの会場にいたんだもんなぁ……いやぁ実は、「こんな嫌な思いするならやめようかな」と思ったこともあったんですよ。礼儀知らず、恥知らず、身のほど知らずってのはどこにもいますんでね。でもほんと、続けててよかったなぁ……来ていただいた師匠方も、ご丁寧にお礼の葉書やメールをくださるしなぁ……それを読んでるだけでも、やっぱ続けててよかったなぁて思うし……

あ、すいません。嬉しさのあまり無防備になって、つい主催者の特権をひけらかせてしまいました。師匠方と親しいのを自慢してしまいました。

私は喜びや嬉しさは独り占めしないで、助けてくれている仲間たちと分け合いなさい。分け合わないと「かあちゃん物差しでひっぱたくよ!」という厳しい母のしつけを受けて育ちましたので、最後に、『佐世保かっちぇて落語会』に一度でも来てくれたお客さまに、出演してくれている子供たちに、そして会の運営を手伝ってくれている仲間たちに、これまで出演していただいた師匠方からの〈私たち〉へのメッセージを掲載します。

電話あり、メールあり、葉書あり、打ち上げでの言葉あり……どれも私にプライベートでいただいたものですから、師匠方の名前を明らかにするのは礼儀に反しますので書きません。この本のあとがきに現在(第十回)までにご出演いただいた師匠方の名前を記載してありますので、それと照らし合わせて、どの師匠の感想か推理するのも一興ではないでしょうか。出演の回とは関係なく順不同に並べてあります。

さァ! 読者の皆さん、推理してみてください……いいですか、いいですね? ……ファイナルアンサー? 司会の、みものんたです。

「素敵な会に出演させて頂き、有難うございました。久し振りに、心豊かな子供達に会えた気がします」

「子供さん達に負けないようネタも吟味して伺いやす」

「いいなぁ、子供たち。うちの若いのにも見せたいなぁ」

「子供たちの、おもしろいです。あのネタほしいですねぇ」

「今回の佐世保の事件には本当に驚きました……子供達とイベントに取り組んでおられる皆さんにとって、御心痛は殊の外深い事と拝察致します。来年も伺います。今後ともよろしくお願い申し上げます」

「子供たちの落語、いいですよ。おもしろいです」

「佐世保の後またすぐ地方だったこともあり、返信が遅れてすいません。お客様方に喜んで頂けたなら何よりです」

「いろいろお世話になり、ありがとうございます。ご配慮とお心遣いに、感謝と恐縮しております。また機会がありましたら、ヨロシクお願いします。お疲れ様です」

「感想文有り難うございました。うっとり読ませていただきました」

「佐世保ではいろいろお世話になり、ありがとうございました。楽しいお仕事でした」

「かっちぇて落語会、お世話になりありがとうございました。とても楽しい一日でした。いろいろ大変なところもあったかと思いますが、実り多い会だったのではないでしょうか。子供たちにもイイ思い出になったのではないでしょうか。今後ともお力添えさせてください」

「手作りの会、そこで楽しむお客様、仲々日本中探しても見当たらない素敵な雰囲気です。益々の御盛会　御祈念申し上げます」

「いいですねぇ、子供たち。これからも続けてください。あんなこと誰もできないですよ、続けてください」

「昨夜のような美味しいお酒が飲める日に再び巡りあえますことを祈念いたしまして　万歳三唱をご唱和の程をよろしくお願いいたします」

初心忘るべからず——あとがきにかえて

この本に書いたように、物心ついてから六十二歳の今日まで、人並みにいろいろなことがありました。いまも胸中に澱んだままの辛いことや哀しいことはありますが、それでも、本州最西端の港町に引っ越してきてからの私と妻は、充分に幸せを感じています。

その源は、「エコバック一杯の幸せ」と「素晴らしき哉、人生に落語」の章でも書いたとおりですが、それらのなかでも一番大きな源は、子供たちと続けている落語会です。自分で企画して立ち上げた会ではありますが、私と妻は、特に私はこの落語会から生きる力をもらっている、といっても過言ではないでしょう。大げさではなく、そう思っています。

東京キー局から遠く離れたとはいえ、やはり自分はどこにいても、お笑い系放送作家だと実感しております。子供たち用の創作落語を考え、書いているとき、一緒に稽古をしているときが楽しいのです。気持ちは、ドリフターズやコント赤信号やとんねるずたちのコント台本を書いていたときと変わりません。落語会当日、本番前の噺家さんたちの真剣な表情を見るのが好きです。真剣に笑いを演っている姿を見るのが好きです。気持ちは、テレビ局のスタジオでドリフターズや赤信号のコントを見守っていたときと変わりません。だから私は、この落語会を大切にしています。大切にしているからこそ、怒ります。誰を？　私たちの落語会を自分の政治的な活動のために利用しようとしたり、自分たちの利益しか考えず安直に金で懐柔しようとしたり、潰しにかかるような連中を。
「そんなことがあったの？」……あったんです。だから私は、なんとか二桁の回数を迎えることができた今年（平成二十七年）の初めに、次のように書いて友人・知人たちに送りました。このなかに、落語会を立ち上げて続けている私の〈初心〉があります。

たかが10回目、されど10回目（抜粋）

私たちの『佐世保かっちぇて落語会』が上半期（五月）の公演で記念すべき10回目を迎えます。これもご来場いただいている皆さまのおかげです。ありがとうございます！　何事もなく10回目を迎えているように見えているかもしれませんが、私たちの落語会を特定の政治活動に利用しようとする動きもありましたし、金銭で懐柔しようとする動きもありましたし……今年あたりは「おめぇさんたちにいくら銭と力があるからってそんな筋の通らねぇことしていいと思ってんのかべらぼうめ！」と啖呵のひとつも切りたくなるような動きもあるようでして……。子供たちと一緒になってようやくここまで育ててきた落語会を、あの人たちは潰す気なのか……同郷のよしみでそう思いたくはないけれど……こういうギョーカイにもそれなりの〈礼儀〉ってものがありまして……特に佐世保のような〈落語のパイ〉が小さな地方で「それをやっちゃオシメェよ」と寅さんなら言いそうな、やっていいことやっちゃいけないことがあるんですけどねぇ。嗚呼それなのにそれなのに……いやはや行儀の悪いトーシロウばかりで、困った困ったこまどり姉妹

（古ッ！）。

　ですから、そういうのに負けず惑わされず、今後も続けてゆくためにも私自身が「なぜこの落語会を立ち上げて続けているのか」……その〈初心〉を忘れないためにも、10回目となる節目の年頭に、ご来場いただいている方や遠方からエールを送ってくれている仕事仲間や友人たちに、私たちの会の〈在り方〉を改めてお伝えしておきたいのです。まだまだ誤解や曲解をしている人たちも多いようなので。

　私は落語会を主催してはおりますが、代理店やイベント業者ではありませんし、この落語会は営利を目的とせず、いかなる政治組織や宗教団体とも関係なく、スポンサーも付けず求めず、手弁当に〈志〉を詰めて手伝ってくれる高校時代の友人たちが主なスタッフとなり、毎回ご来場いただいている皆さまの入場料だけで運営を続けております。

　こういう落語会を立ち上げたのは、10年ほど前に故郷の小学校で起こった子供による陰惨な事件を知ったからであり（昨年もありましたが）、それ以来、東京のテレビ局や大阪吉本の舞台で仕事をしながらも……放送作家としてのキャリアを生かして、故郷の子供たちの、学校のカリキュラムだけではなかなか見つけにくいその子ならではの〈表現力〉を引き出し、〈笑い〉を通じて仲良くなったり、自信をもてるような場を作れないものか……それも名前や顔を知ってる知らないに関わらず、プロの私が認める〈本物の話芸〉を落語のライブは初めての人でも入りやすい料金で堪能できて、しかもその前座を佐世保の子供たちが務める落語会を作りたい……こうした考えに共感してくれた人たちと続けて来たのが、『佐世保かっちぇて落語会』なのです。「かっちぇて」は「仲間に入れて」の方言。少年時代を振り返るとき、まさか〈あの頃〉のあいつやこいつと一緒に、故郷の人たちに喜んでもらえるようなことができるとは、露ほども思ってはいませんでした。ましてや還暦すぎのこの年で、あの頃の文化祭のように一緒にできるとは……感慨もひとしおです。しかも、10回目を迎えられるとは……感慨もふたしお（？）です。

今年も新たに、小3の男の子が参加してくれます。毎回、トップクラスのプロたちと同じ高座に上がり、私たちがホームグラウンドにしている会場（通称・コミセン）の六百人ものお客さまを前にして「地域密着オリジナル落語」を、たったひとりで！　披露できる佐世保の子供たちは、いくら褒めても褒めたりないくらい素晴らしいと思います。ぜひ！　今回も見ていただきたいし、聞いていただきたいし、応援と励ましの拍手を送っていただきたいものです。笑顔のあなたに福来たる。本年もよろしくお願いいたします。

以上が、私の〈初心〉です。そして、『佐世保かっちぇて落語会』が節目を迎えた今、これまでお世話になった、柳家喬太郎師匠、小宮孝泰氏、瀧川鯉昇師匠、春風亭昇太師匠、柳家喜多八師匠、林家正蔵師匠、柳亭市馬師匠、三遊亭歌武蔵師匠、立川志の輔師匠、入船亭扇遊師匠、桃月庵白酒師匠、柳家三三師匠、春風亭一之輔師匠に、改めて感謝申し上げます。

それにしても、こんな私の売れない本を出してくれる牧野出版の佐久間憲一氏には深く呆れております。そうじゃない！　深く感謝しております。佐久間チャン、ありがとう。

海老原靖芳（えびはら・やすよし）
放送作家。1953年、佐世保生まれ。青山学院大学経済学部卒。大学卒業後、いまや伝説のテレビ番組となっている「巨泉・前武のゲバゲバ90分!」の特番に持ち込んだギャグとコントの原稿が日本テレビの番組スタッフ（演出の斎藤太朗・コント作家の河野洋）に認められ、放送作家となる。以来、ザ・ドリフターズ、コント赤信号、とんねるず、ビートたけしとたけし軍団や三宅裕司とSETなどのコント台本を書き、「ドリフ大爆笑」「ドリフと女優の爆笑劇場」「風雲！ たけし城」「志村けんのだいじょうぶだぁ」「お江戸でござる」「吉本新喜劇」など、数多くの番組を手がける。現在、「佐世保かっちぇて落語会」と「信州ずくだせ落語会」を主催している。そこでは、子供たちに落語（それも地元の名称や方言を織り込んだ創作落語）を通して自分を表現することの喜びを伝えている。同時に、日本語の豊かさや方言の面白さなどを教えることに取り組んでおり、故郷である佐世保と長野県の軽井沢で、それぞれ子供たちへの台本提供と表現指導をし、そうした子供たちに本格的な高座で、毎年トップクラスの落語家たちの前座を務めさせている。著書に、『軽井沢のボーイ』、『佐世保に始まった奇蹟の落語会』（共に牧野出版）がある。

還暦（かんれき）すぎて、陽（ひ）はまた昇（のぼ）る
2015年12月17日発行

著者 海老原靖芳
発行人 佐久間憲一
発行所 株式会社牧野出版
〒135-0053
東京都江東区辰巳1-4-11 STビル辰巳別館5F
電話 03-6457-0801
ファックス（注文）03-3522-0802
http://www.makinopb.com

印刷・製本 中央精版印刷株式会社

内容に関するお問い合わせ、ご感想は下記のアドレスにお送りください。
dokusha@makinopb.com
乱丁・落丁本は、ご面倒ですが小社宛にお送りください。
送料小社負担でお取り替えいたします。

ISBN978-4-89500-200-4